Mayim Bialik

Endlich blicken, wie wir ticken!

MAYIM
BIALIK

Endlich blicken, wie wir ticken!

Spannendes Wissen rund um die Pubertät

Aus dem amerikanischen Englisch von
Janika Krichtel

dtv

Ausführliche Informationen über unsere Autorinnen und Autoren und ihre Bücher finden Sie unter www.dtv.de

MIX
Papier aus verantwortungsvollen Quellen
FSC www.fsc.org FSC® C083411

Deutsche Erstausgabe
2020 dtv Verlagsgesellschaft mbH & Co. KG, München

Überarbeiteter Sammelband der amerikanischen Originalausgaben:
›Girling up‹ und ›Boying up‹,
2017 und 2018 erschienen bei Philomel Books,
an imprint of Penguin Random House LLC, New York

Gesetzt aus der Palatino
Satz: Gaby Michel, Hamburg
Repro: Regg Media, München
Druck und Bindung: CPI books GmbH, Leck
Printed in Germany · ISBN 978-3-423-74062-3

Inhalt

Für meine starken, schlauen und spektakulären Söhne

Miles Roosevelt und Frederick Heschel:

Ihr habt aus mir eine Mutter gemacht
und ihr habt es geschafft, dass alles so viel besser wird,
als es sich das Mädchen in mir jemals hätte
erträumen können.

Willkommen!

Ein Mensch sein, das klingt so einfach. Schließlich bestehen wir alle nur aus sechs Elementen: Sauerstoff, Kohlenstoff, Wasserstoff, Stickstoff, Kalzium und Phosphor. Die Zellen und Organe unseres Körpers und sogar unser unglaubliches Gehirn, das so vieles denken, berechnen und fühlen kann – all das ist aus ihnen zusammengesetzt. Allein diese sechs Bestandteile machen das möglich! Klingt simpel, oder?

Doch ganz so einfach ist es dann doch nicht! Meistens kommt es uns sogar alles andere als einfach vor, ein Mensch zu sein. Wir bestehen zwar nur aus diesen sechs Elementen, doch normalerweise fühlt es sich an, als müssten wir sechs*tausend* Dinge gleichzeitig schaffen. Während wir erwachsen werden, machen unser Körper, unser Gehirn und unser Gefühlsleben sehr, sehr viele Veränderungen durch. Dann fühlt es sich manchmal sogar so an, als müssten wir sechs *Millionen* Dinge auf einmal bewältigen. Wie kann ein Körper, der aus nur sechs Elementen besteht, das Leben so unglaublich kompliziert machen?

Also, ich habe als junge Frau einen ziemlich interessanten Weg eingeschlagen, was mich, wie ich glaube, zu einer geeigneten Gesprächspartnerin macht, wenn man sich über die komplizierten Seiten des Lebens unterhalten möchte. Mit elf habe ich mit der Schauspielerei angefangen und war überraschenderweise ziemlich erfolgreich damit. Mit vierzehn bekam ich dann sogar eine eigene Fernsehsendung, *Blossom*, die gedreht wurde, bis ich neunzehn war. Darin ging es um ein Mädchen – meine Rolle! –, das gemeinsam mit ihren beiden Brüdern bei ihrem geschiedenen Vater aufwächst. Als Schauspielerin spielte ich die schlimmsten und unvergesslichsten Momente, die man sich als Jugendlicher nur vorstellen kann – vor den Augen aller Zuschauer, in deren Ländern meine Sendung ausgestrahlt wurde. Ich bekam meinen ersten Kuss und kaufte das erste Mal Tampons. Ich setzte mich gegen Gruppenzwang zur Wehr, Alkohol zu trinken oder Drogen zu nehmen, und schloss wichtige Freundschaften – und all das während ich diese Dinge gleichzeitig auch im echten Leben durchmachte. (Peinlich, aber wahr: Meinen ersten richtigen Kuss bekam ich im Fernsehen!)

Als ich neunzehn war, legte ich mit der Schauspielerei erst einmal eine Pause ein, um aufs College zu gehen und meinen Abschluss in Neurowissenschaften, die Wissenschaft vom Gehirn und dem Nervensystem, zu machen. Danach studierte ich noch weitere sieben Jahre und promovierte. Ich habe also ziemlich lange studiert! Während des Studiums bekam ich mein erstes Baby und nachdem ich meine Promotion hatte, bekam ich noch ein zweites. Das waren vielleicht verrückte Zeiten: Eine Mutter *und* Studentin zu sein, bedeutete, täglich Millionen von Windeln zu wechseln, das Baby zu füttern und gleichzeitig Vorlesungen zu besuchen, für Tests zu lernen und eine Doktorarbeit zu schreiben. Ich bekam wirklich nicht viel Schlaf.

Als meine Söhne noch klein waren, habe ich 9- bis 17-Jährigen Unterricht in Naturwissenschaften gegeben. Danach kehrte ich zur Schauspielerei zurück und erhielt schließlich die Rolle der Amy Farrah Fowler – einer Neurowissenschaftlerin – in der Serie *The Big Bang Theory*. Nun bin ich also nicht nur im wahren Leben eine Wissenschaftlerin, sondern spiele auch eine im Fernsehen. So viel zum Thema »die Kunst imitiert das Leben«

Ihr fragt euch bestimmt: Was haben eine Karriere als Kinderstar, ein Doktortitel, meine zwei Söhne und eine Rolle in der bekanntesten Comedyserie Amerikas nun mit diesem Buch über's Erwachsenwerden zu tun? Na ja, durch meine Kindheit in der Öffentlichkeit habe ich viel darüber nachgedacht, was die Gesellschaft von uns erwartet. Leider war das damals – und ist es auch heute noch – etwas ganz anderes als das, was von Jungs erwartet wird. Von mir wurde ein bestimmtes Aussehen und ein bestimmtes Verhalten erwartet – während ich vor den Augen der ganzen Welt von einem Mädchen zu einer Frau heranwuchs. Das setzte mich ziemlich unter Druck.

Früher hätte ich nie gedacht, dass ich einmal eine Naturwissenschaft studieren würde, weil ich glaubte, Naturwissenschaften und Mathe wären nur was für Jungs. Als ich fünfzehn war, gab mir eine Privatlehrerin

Selbstvertrauen und ich wurde eine Natur- lerin – was nicht immer einfach war, weil noch die meisten Wissenschaftler Männer sind. nd sich verabreden, heiraten und Kinder kriegen machte es noch schwieriger.

Wenn man in einer Welt voller neuer Technologien eine erwachsene Schauspielerin ist, ist man eigentlich in der gleichen Lage wie jüngere Leute. Auch wenn ich erwachsen bin, spielt sich ein Großteil meines Lebens in den sozialen Medien ab. Es ist mir wirklich wichtig, was andere über mich denken, und als Frau stehe ich ganz besonders unter Druck, was mein Aussehen betrifft. Man muss keine berühmte Schauspielerin sein, um zu wissen, wie das ist!

Jetzt fragen sich die Jungs unter euch sicher, was mich dazu qualifiziert, ihnen das Erwachsenwerden nahezubringen! Die Stimmen, Erfahrungen und Wünsche meiner eigenen zwei Söhne begleiten mich als Mom und Doktor der Neurowissenschaften genauso wie die Erfahrungen, die ich als Mädchen gemacht habe. Mein Ziel ist es, euch mit diesem Buch zu vermitteln, was wir drei alles gemeinsam gelernt haben. Früher war ich oft die, »die nicht dazugehört«. Einer der Gründe, warum das so war, ist der, dass ich mich oft von Dingen angezogen fühle, von denen viele behaupten, dass sie »nur was für Jungs« seien. Ihr seht also, ich bin eher die draufgängerische Mom – und das passt ganz gut zu mir und meinen Jungs. Ich stehe zum Beispiel total auf Sportwagen. Und ich schaue mir so gut wie jede Sportsendung im Fernsehen an, trainiere selbst sehr gern und rede andauernd über irgendein Match – ich bin ein Sportfreak durch und durch. Ich kann mich immer für einen Ringkampf im Park begeistern. Ich gehe lieber ins Naturkundemuseum und spiele lieber mit Lego als shoppen oder zur Maniküre zu gehen. Ich liebe sämtliche Superhelden- und Actionfilme. Genauso wie diese stereotypen Zuordnungen mir das Leben manchmal schwer machen, tun sie es auch für euch. Der Weg vom Jungen zum Mann kann auch sehr hart sein! Deswegen habe ich zusätzlich ein paar echte erwachsene Männer mit unterschiedlichen Hintergründen, Berufen und Lebensstilen in den »Was er dazu sagt«-Kommentaren zu Wort kommen lassen.

Wenn ich euch gleich von mir und meinen Ansichten erzähle, dann hoffe ich, euch damit eine Art Leitfaden an die Hand zu geben, der euch hilft, ihr selbst zu sein. Ich habe sehr viel Zeit in meinem Leben damit verbracht, mich selbst dazu zu ermutigen, so viel wie möglich aus mir herauszuholen. Auf diese Weise habe ich mehr erreicht, als ich je gedacht hätte erreichen zu können. Das hat mein Leben etwas hektisch und manchmal auch sehr kompliziert gemacht, aber ich bin dennoch stolz darauf. Ich will euch zeigen, dass die Entscheidungen, die ihr trefft, euch auf die positivste Art und Weise für immer begleiten können und werden. Ihr könnt stark, schlau und spektakulär sein, und ich hoffe, ich kann euch zeigen wie.

Ich habe in meinem Leben sehr viele Bücher gelesen. In manchen ging es um die Wissenschaft vom Körper und vom Gehirn, in manchen um die schwierigen Seiten des Teenager-Daseins. In anderen erfährt man, welche unglaublichen Möglichkeiten es gibt, die Welt zu verändern. In diesem Buch soll es um all das gehen: wie man lernt, den eigenen Körper zu verstehen; wie man lieben lernt, genauso zu sein, wie man ist; wie man selbstsicherer wird; bewusste Entscheidungen trifft und bereit dafür wird, die Welt zu erobern.

Legen wir los!

1 Wie unser Körper funktioniert

Stellt euch vor, ihr steigt aus einer Stretchlimousine und betretet einen leuchtend roten Teppich. Eine Menschenmenge erwartet euch und die Luft knistert vor Spannung. Das Buch, das ihr in euren Händen haltet, ist der Grund, warum all diese Menschen hier sind. Wir werden uns gemeinsam anschauen, was es heißt, erwachsen zu werden – und dafür fangen wir am besten in eurem Inneren an (wir arbeiten uns dann später nach außen vor). In diesem Kapitel geht es um den menschlichen Körper – und eure Neugier, mehr darüber zu erfahren, ist eure Eintrittskarte. Ihr seid sozusagen ein VIP auf diesem besonderen Event. Wir werden uns ansehen, was den weiblichen und den männlichen Körper jeweils besonders macht, welche Veränderungen euch in der Pubertät erwarten und wie man gesund bleibt und seinen Körper stärkt, um ihn auf die bevorstehenden Veränderungen vorzubereiten. Lest weiter, damit ihr endlich blickt, wie ihr tickt!

Erst süß, dann pickelig

Babys sind sich alle sehr ähnlich, egal ob Mädchen oder Junge – na ja, abgesehen von dem, was sich unterhalb der Taille befindet –, und das werden sie auch noch für eine ganze Weile sein. Doch dann kommt die Zeit, irgendwann zwischen neun und sechzehn Jahren, in der die Pubertät beginnt.

Doch was ist diese Pubertät? Sie ist die Phase unseres Lebens, in der unser Körper und unser Gehirn beginnen, sich zu verändern. Ist euch vielleicht schon aufgefallen, dass viele Mädchen aus eurer Klasse plötzlich größer sind als die meisten Jungs? Vielleicht ist das noch nicht so, aber glaubt mir: Bald wird es so sein! Bei Mädchen beginnt die Pubertät normalerweise einfach früher als bei Jungs (ab etwa zehn Jahren), und eines der ersten Anzeichen dafür, dass es losgeht, ist ein Wachstumsschub. Jungs holen das schnell wieder auf. Bei den meisten beginnt die Pubertät im zwölften Lebensjahr, und mit ungefähr sechzehn sind die meisten wieder größer als die Mädchen (das gilt natürlich nicht für jedes Mädchen und jeden Jungen!).

Wie genau läuft diese Pubertät dann ab? Na ja, irgendwann zwischen zehn und sechzehn (für manche vielleicht auch etwas früher oder etwas später) beginnen euer Körper und euer Gehirn damit, sich zu verändern. Das ist ein physikalischer und chemischer Prozess und ein wesentlicher Bestandteil davon, eine Frau oder ein Mann zu werden. Jungs bekommen markantere Gesichtszüge und muskulösere Körper, und ihre Stimme wird tiefer. Der Penis und die Hoden werden größer, weil der Körper sich fürs Erwachsenwerden wappnet. Schamhaare und Haare unter den Armen beginnen zu wachsen und oft bildet sich an diesen Stellen auch ein stärkerer Geruch. Über den Oberlippen der Jungs bildet sich ein leichter Flaum, der irgendwann dichter wird, bis es nötig wird, sich zu rasieren – außer natürlich, ihr wollt einen Bart tragen. Die Brüste der Mädchen wachsen, ihre Hüften werden breiter und wirken »weiblicher«. Möglicherweise bekommt ihr während der Pubertät Akne und Pickel und ihr beginnt, Gefühle intensiver zu empfinden als jemals zuvor.

Bei manchen gehen diese Veränderungen schneller, bei manchen langsamer. Manche bemerken die Veränderungen erst, wenn sie schon fast abgeschlossen sind. Manche sind richtige Spätzünder (so wie ich) und fragen sich, ob sie jemals zu einer Frau werden, weil es so lange dauert, bis sie endlich mit den anderen mithalten können! Es gibt keinen »richtigen« Zeitpunkt dafür, wann diese Veränderungen beginnen. Man muss einfach abwarten.

Aber wie funktioniert das? Besitzt unser Körper eine Art versteckten Timer, dessen Countdown beginnt, sobald wir geboren werden, und wenn dieser runtergezählt ist – *BÄM* –, verwandeln wir uns von einem Mädchen zu einer Frau oder von einem Jungen in einen Mann? Gibt es jemanden, der uns beobachtet und einen riesigen magischen Finger auf uns richtet, sobald die Zeit reif ist, damit wir ab diesem Moment anfangen, uns zu verändern? Was genau muss passieren, damit unser Körper sich verändert?

Ein Schritt zurück: XX oder XY?

Also? Wie läuft das ab? Die Antwort auf diese Frage lautet: »XX« oder »XY«. Nein, nicht die Buchstaben, sondern die Chromosomen! Die beiden X sind das, was Mädchen und Frauen weiblich macht. Ist ein Y im Spiel, wird das Baby ein Junge.

In jeder Zelle des Körpers steckt etwas, das man DNS nennt. DNS ist ein Haufen dicht aneinandergedrängter Moleküle, die sich im gesamten Körper befinden. In ihr sind sämtliche Informationen gespeichert, die der Körper benötigt, um zu existieren. Bei uns allen ist sie eine Kombination aus der DNS unserer Mutter und der unseres Vaters und beinhaltet Informationen in den sogenannten Genen. DNS umfasst Zehntausende Gene, die unsere körperlichen Eigenschaften bestimmen, wie zum Beispiel unsere Augenfarbe, Größe und ob wir unsere Zunge zu einem Taco rollen können oder nicht. (Könnt ihr das? Ich schon!) Unsere DNS besitzt aber auch Gene, die noch viel kompliziertere Dinge festlegen, wie zum Beispiel, ob wir zu den Leuten gehören, die bei einem traurigen Film weinen müssen, und ob wir eher selbstbewusst oder schüchtern sind.

Das heißt nichts anderes, als dass sich in jeder einzelnen eurer Zellen ein kompakter, eng verschnürter Ball befindet, der so gut wie alles festlegt, das euch ausmacht. Die Tatsache, ob wir weiblich oder männlich sind, ist auch in unserer DNS kodiert. Wenn die Eizelle einer Frau und die Spermazelle eines Mannes sich treffen und

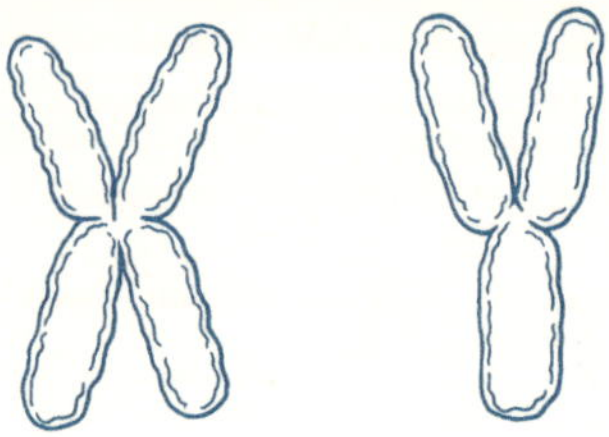

X-Chromosom Y-Chromosom

im Bauch der Mutter daraus ein Baby entsteht, verbinden sich die DNS von Mutter und Vater – die eine Hälfte von ihr, die andere Hälfte von ihm – und genau in dieser Sekunde, wenn Ei und Sperma sich treffen, steht fest, ob wir als Mädchen oder Junge geboren werden.

Wenn man sich die DNS unter dem Mikroskop ansieht, sehen die Teile, die bestimmen, welches Geschlecht wir haben, aus wie ein X oder wie ein Y. Hier seht ihr ein Bild eines X- und eines Y-Chromosoms (das wissenschaftliche Wort für die Struktur der DNS, wenn sie sich so zusammenringelt, dass sie in jede Zelle hineinpasst). Kurz gesagt: Wenn die Eizelle und die Spermazelle sich treffen, steuert die Eizelle auf jeden Fall ein X bei, wohingegen die Spermazelle entweder ein X oder ein Y weitergeben kann. Es ist ein bisschen wie beim Münzewerfen, man hat also eine Fifty-fifty-Chance. Jedes Mal, wenn sich die Zellen von Mutter und Vater treffen, steuert die Mutter ein X bei und der Vater entweder ein X oder ein Y. Wenn der Vater ein X-Chromosom abgibt, erhalten wir zwei X-Chromosomen und entwickeln uns zu einem Mädchen.

Wenn der Vater jedoch ein Y-Chromosom dazugibt, erhalten wir ein X- und ein Y-Chromosom und werden zu einem Jungen. Genau genommen sind es also unsere Väter, die bestimmen, welches Geschlecht wir haben. Und das allein wegen des alles entscheidenden Gens namens SRY, also »sex-determining region of Y« – ein seltsamer Name, ich weiß. Auch wenn sich das vielleicht verrückt anhört, aber das alles bedeutet nichts anderes, als dass die »Standardeinstellung« eines jeden Körpers die ist, sich zu einem Mädchen zu entwickeln … Doch sobald das Y-Chromosom hinzugefügt wird, verschickt das SRY-Gen die Nachricht »Du bist ein Junge!« und beginnt mit der Produktion eines Proteins namens TDF, also Testis-determining factor oder auch Hoden-determinierender Faktor. Dabei wird der ursprüngliche Bauplan für die Körperteile eines Mädchens überschrieben und stattdessen bilden sich aus ihnen männliche Körperteile. Das ist wirklich ein unglaublich beeindruckender Vorgang!

Nun fragt ihr euch bestimmt, was dieses ganze Gerede über X und Y damit zu tun hat, wie unsere Pubertät in Gang gesetzt wird. Nun, die X- und Y-Chromosomen enthalten auf ihrer Oberflächenstruktur Botenstoffe in Form von Proteinen und chemischen Stoffen, die zu bestimmten Zeitpunkten im Leben aktiviert werden. Sie rufen unserem Gehirn zu: »Hey! Wir fangen jetzt langsam mal mit der Pubertät an!«, und die Hypophyse und andere beteiligte Gehirnregionen beginnen damit, unseren gesamten Körper mit ganz besonderen chemischen Stoffen zu durchfluten. Die sogenannten Hormone sind die eigentlichen Auslöser der Pubertät, denn sie sind für alle Veränderungen verantwortlich, die ihr während des Erwachsenwerdens durchmachen werdet, und auch für viele Veränderungen, die danach noch kommen.

Eure Körper in der Pubertät

Durch die Pubertät verändert sich so gut wie jeder sichtbare Teil unseres Körpers und sogar ein paar, die wir nicht sehen. Tatsächlich versuchen Wissenschaftler immer noch, ganz genau zu verstehen, wie Hormone unseren Körper und unser Gehirn beeinflussen. Hier sind ein paar der Fragen, die ich hatte, als ich mich das erste Mal mit der Pubertät beschäftigt habe. Vielleicht habt ihr euch einige davon auch schon gestellt:

- Ich bin an meinen Körper gewöhnt. Wie wird es sein, wenn sich alles verändert?
- Wann fangen die Brüste an zu wachsen? (Und warum

schauen Jungs sich ständig Brüste an? Vielleicht will das ja gar nicht jedes Mädchen …)

- Wie wird es sein, wenn sich der Penis und die Hoden verändern?
- Wie ist es, wenn plötzlich Haare an den merkwürdigsten Stellen wachsen?
- Wie ist das mit dem Rasieren? Wie funktioniert das genau?
- Wie ist es, seine Periode zu bekommen? Ich habe gehört, dass es eklig ist und wehtut.
- Wenn Mädchen ihre Periode bekommen, heißt das doch, dass sie schwanger werden können. Wie funktioniert das?
- Ich weiß, dass Jungs nicht schwanger werden können, aber was sollten sie alles über den Vorgang wissen?
- Sollte ich mehr darüber wissen, wie es für mich ist, in die Pubertät zu kommen?
- Warum fühlt es sich so komisch an, wenn mein Schwarm in der Nähe ist?

Lasst uns damit beginnen, uns damit zu befassen, was während der Pubertät bei allen gleich ist: Sowohl Jungs als auch Mädchen bekommen Haare unter den Armen, auch wenn es bei Jungs später in der Regel mehr sind. Bei Mädchen wachsen Haare auf den Schamlippen, die den äußersten Teil der äußeren Genitalien ausmachen, Jungs wachsen Haare rund um den Penis. Wir alle erleben während der Pubertät einen Wachstumsschub, bei den Jungs findet dieser allerdings etwas später statt, was bedeutet, dass Mädchen für ein paar Jahre generell größer sind – was zu peinlichen Momenten auf Schulbällen und Partys führen kann!

Eine Veränderung, die nur Jungs durchmachen, ist der Stimmbruch, bei dem die Stimme tiefer wird und der Kehlkopf, auch bekannt als Adamsapfel, stärker hervortritt. Andere körperliche Veränderungen bei Jungs sind zum Beispiel die Steigerung der Muskelmasse, die breitere Schultern verursacht und das Fett an Brust und Bauch ersetzt. Auch die Kieferpartie und der Nacken werden massiger und … eben »männlicher«. Dafür ist ein spezielles Hormon namens Testosteron verantwortlich, von dem Jungs viel mehr produzieren als Mädchen.

Was er dazu sagt …

»Ich habe mich schlicht geweigert zu sprechen, bis ich meiner Stimme den letzten Schliff verpasst hatte. Ernsthaft, ein Schwanken der Stimme mitten im Satz ist, als würde jemand den Duschvorhang einfach zur Seite ziehen, während du dich grad ausgiebig einseifst!«

Testosteron

Testosteron ist ein sehr wirkungsvoller Botenstoff und wird in den Hoden von extra darauf spezialisierten Zellen namens Leydig-Zwischenzellen produziert. Leydig-Zwischenzellen senden Botschaften an den Hypothalamus und die Hypophyse im Gehirn, um Informationen über den Hormonspiegel weiterzugeben.

Die Leydig-Zwischenzellen werden während der Pubertät aufgeladen, damit sie immer mehr Testosteron ausschütten können, das in hoher Dosis im gesamten Körper und Gehirn verteilt wird und so den Prozess des Erwachsenwerdens in Gang setzt. Testosteron ist unter anderem für das verantwortlich, was oft als »Sexualtrieb« bezeichnet wird. Der Testosteronspiegel steigt und sinkt auch während des Erwachsenseins, abhängig von Umweltfaktoren wie einem heißen Date oder psychischem Stress. Mit etwa vierzig Jahren sinkt der Testosteronspiegel nach und nach, und mit ihm verlassen viele Männer auch die Haarwurzeln, die besonders sensibel darauf reagieren.

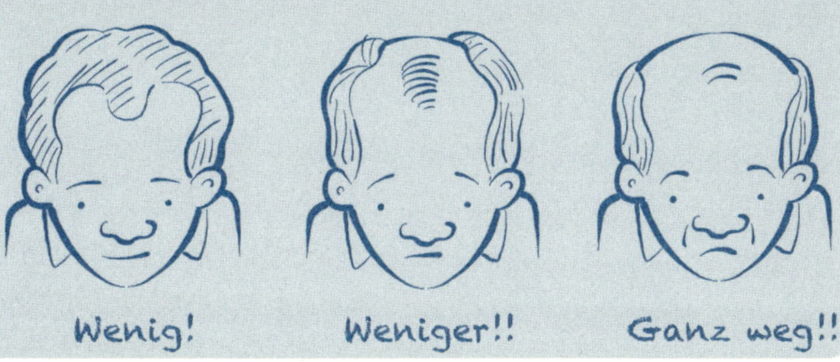

Männer produzieren etwa zwanzigmal mehr Testosteron als Frauen, und Testosteron unterstützt den Aufbau von Muskelmasse und -kraft, weshalb Männer in der Regel auch stärker und muskulöser sind als Frauen. Testosteron schützt die Knochen und macht sie widerstandsfähiger.

Das Hormon ist, wie bereits erwähnt, auch für den lästigen Stimmbruch verantwortlich. Die Stimmbänder von Männern sind aber in der Regel größer als die von Frauen, ihre Stimmen nach der Pubertät häufig viel tiefer werden. Bis sich eure Stimmen komplett umgestellt haben, kann es allerdings ein paar Jahre dauern. Während dieser Zeit eures Lebens kann es passieren, dass ihr in ein paar ziemlich peinliche – vielleicht aber auch witzige – Situationen geratet. Auf jeder Bar-Mizwa-Feier, auf der ich mit dreizehn war, hat sich mindestens ein Junge durch eine dreiseitige Rede gekrächzt. Aber ich verspreche euch, dass ihr in der Oberstufe die größten Peinlichkeiten bereits hinter euch haben werdet, Jungs!

Genetische Variationen des Testosterons und der Identität

Mädchen und Frauen besitzen auch Testosteron, aber in kleineren Mengen. Bei Frauen wird Testosteron normalerweise bei einem chemischen Prozess in Östrogen umgewandelt, das dann wiederum die Veränderungen während der Pubertät von Mädchen verursacht. Manche Frauen werden allerdings auch mit einem SRY-Gen geboren, was dazu führt, dass sie Veränderungen durchmachen, die man normalerweise bei einem Jungen erwarten würde. Frauen mit einem SRY-Gen bekommen eine tiefere Stimme, breitere Schultern, ausgeprägtere Kieferpartien und offensivere sportliche Fähigkeiten und Sexualtriebe. Manchmal werden aber auch Männer mit weniger Testosteron als gewöhnlich geboren, was ihren Körper und ihr Gehirn beeinflusst. Manche Menschen unterziehen sich einer hormonellen Therapie oder auch einer Operation, um sich in ihrer Haut wohler zu fühlen.

Haare, Haare, Haare

Zurück zu einem Thema, das uns alle in Freuden und Leiden verbindet: Haare, Haare und noch mal Haare.

Zwar ist es heute allgemein akzeptiert, dass Frauen sich ihre Beine und Achseln rasieren und Männer nicht, doch während der gesamten Menschheitsgeschichte war es an fast allen Orten der Welt so, dass sich Männer UND Frauen nicht rasiert haben. Haare lassen einen nicht mehr schwitzen als sonst und der Achselgeruch wird nicht von den Haaren selbst verursacht, sondern durch die Kombination von Schweiß und einem Bakterium, das auf Haaren und Klamotten lebt, mit denen deine Achseln in Berührung kommen.

Ob man sich rasiert oder nicht ist eine sehr persönliche Entscheidung, und es ist nichts falsch daran, mit dem Rasieren erst einmal zu warten oder sich überhaupt nicht zu rasieren. Trends verändern sich und mittlerweile gibt es auch einige Männer, die sich nicht mehr nur im Gesicht rasieren.

Bei Jungs dauert es meistens zwanzig Jahre, bis der Haarwuchs abgeschlossen ist. Manchen Männern wächst bis dahin eine ganze Menge Brusthaar, bei anderen wächst kaum ein Haar. Keine Körperbehaarung zu haben bedeutet aber nicht, dass man nicht männlich ist oder dass man nicht genügend Testosteron hat, genauso wenig wie extrem haarig zu sein bedeutet, männlicher zu sein als jemand ohne Brusthaare. Zwar hängen viele Dinge vom Testosteron ab, aber wie viele Haare euch an welchen Stellen wachsen, ist hauptsächlich Sache der Genetik. Die meiste Zeit eures (und meines!) Lebens sieht man vor allem männliche Models und Promis auf Werbeplakaten, die so gut wie keine Brustbehaarung haben, weil sie sich die Haare trimmen, rasieren oder in einem Schönheitssalon mit Wachs bis auf die Wurzeln entfernen lassen. Manche Männer – und auch Frauen – ziehen eine unbehaarte Brust bei Männern vor, da sie denken, dass das gepflegter aussieht. Als ich klein war, war Brusthaar allerdings noch ein Zeichen für Männlichkeit und viele Typen wollten eine genauso haarige Brust haben, wie sie sie an Schauspielern oder Musikern gesehen haben, die zu dieser Zeit angesagt waren. Auch wenn viele Werbeagenturen unbehaarte Männer als das

Ideal darstellen, gibt es dennoch viele Leute, die behaarte Männer lieber mögen als unbehaarte.

Körperbehaarung ist absolut normal und natürlich, egal wie und wo euch Haare wachsen, und selbst wenn ihr darüber nachdenkt, sie euch zu trimmen, zu rasieren oder mit Wachs zu entfernen, seid ihr mit vielen Haaren nicht männlicher oder weniger weiblich oder attraktiver oder unansehnlicher. Seit ein paar Jahren sind tatsächlich auch wieder mehr Männer mit Schnurr- und Vollbärten in der Popkultur zu sehen. Und auch einige Frauen zelebrieren ihre Körperbehaarung!

Manchen Männern wachsen Haare auf dem Rücken – manchmal nur an ein paar Stellen, manchmal aber auch auf dem gesamten Rücken. Viele Männer entscheiden sich dafür, sich ihre Rückenhaare abzurasieren oder sie professionell entfernen zu lassen. Das kann im ersten Moment ziemlich wehtun, aber bei dieser Methode wachsen die Haare nicht so schnell nach, als wenn man sie sich nur abrasiert. Ich persönlich glaube ja nicht, dass es nötig ist, dass Männer sich die Haare auf ihrem Rücken oder irgendeinem anderen Körperteil entfernen sollten, aber einige Frauen und sehr viele Männer würden mir da widersprechen. Manche Männer rasieren sich (oder auch nicht), weil es für sie angenehmer ist, sich einen Bart stehen zu lassen (oder eben auch nicht). Das ist ganz euch überlassen!

Gene bestimmen auch, wann und wie ihr eure Haare wieder verlieren werdet, doch dabei spielen auch noch eine Menge anderer Faktoren eine Rolle. Und dank einer immer verständnisvolleren Kultur erleben Männer mit schütterem oder gar keinem Kopfhaar in letzter Zeit eine Menge positive Beachtung. Haare zu verlieren muss eurer Attraktivität keinen Abbruch tun!

Es ist ganz euch überlassen, wie ihr mit euren Haaren umgeht, doch ihr solltet euch darüber im Klaren sein, dass ihr das Rasieren, wenn ihr einmal damit angefangen habt, regelmäßig wiederholen müsst. Es gibt auch dauerhafte Methoden, wie zum Beispiel das Wachsen oder sich die Haare mit einem Laser entfernen zu lassen, die dafür sorgen, dass die Haare für einen längeren Zeitraum nicht nachwachsen, sodass ihr euch nicht andauernd rasieren müsst. Doch wenn ihr, so wie ich, kein besonders »arbeitsfreudiger« Mensch seid, entscheidet ihr euch vielleicht auch dafür, dass das alles viel zu viel Arbeit macht, was auch völlig in Ordnung ist!

Von Mann zu Mann: Tipps zum Rasieren

Da mir bisher selbst noch kein Schnurr- oder Vollbart gewachsen ist – was hoffentlich auch so bleibt! –, habe ich einen mittlerweile erwachsenen Jungen damit beauftragt, mir bei diesem Thema zur Seite zu stehen und euch etwas darüber zu erzählen, auf was man beim Rasieren so alles achten sollte. Hier seine Tipps.

Klingen: Viele Männer benutzen einen Rasierer, den man wegschmeißt, sobald die Klinge stumpf geworden ist (man nennt sie auch Einwegrasierer). Es gibt aber auch total coole altmodische Rasierer, bei denen der Griff aus Holz oder Metall ist und bei denen man nur die Klinge austauscht, wenn sie stumpf geworden ist.

Elektrorasierer: Manche Männer bevorzugen Elektrorasierer, die man entweder an die Steckdose anschließen muss oder die einen Akku besitzen. Früher konnte man sich mit Klingen noch gründlicher rasieren als mit elektrischen Rasierern, allerdings gibt es mittlerweile richtig gute elektronische Modelle. Wenn ihr euch aber ganz glatt rasieren wollt, dann ist ein klassischer Rasierer immer noch die beste Wahl!

Empfindliche Haut: Für einige von euch fühlt sich eine Klinge möglicherweise besser auf der Haut an als ein Elektrorasierer, doch jede Haut ist anders. Falls ihr vom Rasieren einen Ausschlag bekommt, euch häufig schneidet (normalerweise hört es nach etwa einer Minute auf zu bluten) oder eure Haut sich danach rau anfühlt, probiert ihr am besten einen anderen Rasierer aus oder wechselt zu einem elektrischen.

Lotionen und Cremes: Wenn ihr euch mit einer Klinge rasiert, benötigt ihr auch Rasierschaum oder Rasierseife. Die hilft euch, eure Haut weicher zu machen, und bewahrt euch dadurch vor unangenehmen Schnitten. Bei der Rasur mit einem Elektrorasierer braucht ihr das natürlich nicht. Früher haben viele Männer nach der

Rasur Aftershave auf Alkoholbasis aufgetragen, um die Haut bei der Heilung kleinerer Schnitte zu unterstützen. Mittlerweile sind die Klingen jedoch so gut, dass Aftershave nur noch wegen seines Geruchs benutzt wird. Denkt aber immer daran, dass ihr euch immer mehr an den Geruch gewöhnt, je mehr und öfter ihr ihn auftragt. So kann es schnell mal passieren, dass man so viel draufmacht, dass andere einen noch aus einer Meile Entfernung riechen können, obwohl man es selbst gar nicht mehr riecht! Und noch eine Warnung: Das Aftershave brennt etwa eine Minute lang ziemlich auf der Haut, sobald es mit ihr in Berührung kommt!

Nass oder trocken: Manche Männer rasieren sich, während sie duschen, weil das heiße Wasser und der Dampf die Poren öffnen und eine gründlichere Rasur ermöglichen, da die Klinge die Haare näher an der Wurzel abtrennen kann. Andere rasieren sich vor dem Spiegel und benutzen das Waschbecken, um die Klinge zwischendurch immer wieder zu reinigen.

Stil: Wenn ihr euch einen Schnurrbart, einen Ziegenbart oder einen Vollbart stehen lassen wollt, müsst ihr euch einfach nur überall dort rasieren, wo ihr keine Haare haben wollt, so wie ein guter Bildhauer. Und habt Geduld: Denkt immer daran, dass eure Haare in der ersten Zeit noch viel weicher und feiner sind als später, wenn ihr älter seid und euer Testosteronspiegel höher ist.

Von oben oder von unten: Es gibt zwei unterschiedliche Meinungen darüber, in welche Richtung man sich am besten rasieren sollte. Manche Männer ziehen es vor, sich gegen den Strich ihres Haarwuchses zu rasieren, also vom Kinn hoch zur Wange. Das sorgt zwar für eine gründlichere Rasur, kann aber auch zu Hautirritationen führen. Andere entscheiden sich für eine Rasur in Wuchsrichtung, also vom Bartansatz runter zum Kinn. Das ist angenehmer für die Haut, es bleiben aber auch mehr Stoppel zurück. Probiert einfach mal beides aus und schaut, wie es für euch am besten klappt!

Was er dazu sagt …

»Sich einen Bart wachsen zu lassen ist eine Art Initiationsritus und eine tolle Möglichkeit, der Welt zu zeigen, dass man zu einem Mann heranwächst. Es bedeutet aber auch, dass die glorreiche Bürde des Rasierens bald zu den alltäglichen Aufgaben gehören wird.«

Die Faszination von Brüsten

Bevor wir uns mit den unteren Hälften unserer Körper beschäftigen, schauen wir uns noch die obere Hälfte des weiblichen Körpers an, die sich während der Pubertät stark verändert.

Das Erste, an das Jungs meistens denken, wenn es um die faszinierenden Seiten von Mädchen geht, ist wohl die Existenz ihrer Brüste. Auch für Mädchen ist das Wachstum oder Nicht-Wachstum ein wichtiges Thema in der Pubertät.

Brüste sind Fettpolster, die sich über der Brustmuskulatur von Frauen bilden. Alle weiblichen Säugetiere besitzen welche, aber im Gegensatz zu anderen Tieren sind sie bei uns Menschen wohl irgendwie besonders wichtig. Manche nennen sie Möpse oder Titten oder Melonen oder auch Euter oder Holz vor der Hütte, oder was es nicht alles für Bezeichnungen gibt. Ich nenne sie am liebsten einfach Brüste. (Ein kleiner Tipp für die Jungs: Ihr solltet, wenn ihr den Körperteilen von Mädchen Spitznamen geben möchtet, immer ganz sicher sein, dass das für die Mädchen auch in Ordnung ist. Genauso wie andere Menschen erst sichergehen müssen, ob es für euch okay ist, wenn sie euren Penis Schwanz, Lümmel, Johnny, Dödel oder sonst wie nennen.)

Manchen Mädchen wachsen schon sehr früh Brüste – und sie bekommen dadurch sehr viel Aufmerksamkeit von Jungs –, andere Mädchen sind eher Spätzünder. Der Zeitpunkt, wann der Körper eines

Mädchens damit beginnt, sich zu verändern, hat keinerlei Einfluss darauf, wie sie später einmal als Frau aussehen wird. Ich war eine totale Spätzünderin und sehe mittlerweile vom Körperbau her aus wie die meisten anderen Frauen, die ich so kenne.

Auch Brüste können sehr unterschiedlich aussehen, auch wenn wir in den Medien normalerweise immer die gleichen Bilder von den immer gleich aussehenden Brüsten gezeigt bekommen, deren Größe und Form uns als »normal« verkauft wird. Manche Brüste sind rundlicher, andere nicht so sehr. Manche stehen scheinbar ein wenig ab, während andere etwas mehr nach unten hängen. Und auch die Brustwarzen können unterschiedlich aussehen – sogar bei den Jungs. Bei manchen sind sie sogar zum Teil oder auch komplett nach innen gerichtet, worüber man sich überhaupt keine Sorgen machen muss.

Hier seht ihr ein paar Zeichnungen von unterschiedlich geformten Brüsten. Denkt immer daran: Sie alle sind vollkommen normal!

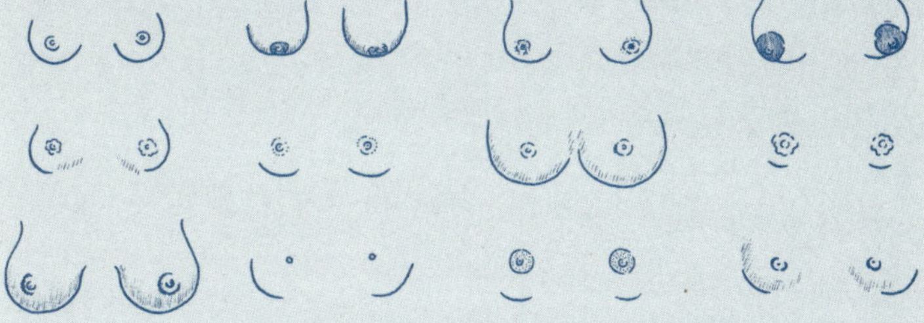

In unserer Kultur wird sehr viel über Brüste geredet und dabei wird vor allem darauf geschaut, welche Mädchen und Frauen die größten Brüste haben. Manchmal ertappen sich Jungs – und auch einige Mädchen – dabei, wie sie einer Frau statt in ihr Gesicht auf die Brüste schauen. Jungs sind in der Regel fasziniert von ihnen, da es sich bei ihnen sowohl um Geschlechtsorgane als auch um die Körperteile handelt, mit denen Babys ernährt werden. In der gesamten Geschichte der Säugetiere haben unsere Gehirne den Anblick von Brüsten mit dem Gefühl von Erregung verknüpft. Brüste fühlen sich weich an und sind ein besonders zugänglicher Teil des geschlechtlichen Körpers einer Frau, einfach weil sie deutlich sichtbar sind. Große Brüste bekommen mehr Aufmerksamkeit, weil sie eben noch etwas besser zu sehen sind. Es ist einfach eine Tatsache, dass manche Jungs sich besonders gut fühlen, wenn sie Brüste sehen, und das ist biologisch gesehen völlig normal. In der Zeit, in der du erwachsen wirst, wirst du irgendwann herausfinden, welche Art Brüste – und/oder welche anderen Körperteile – du persönlich besonders attraktiv findest.

Von Frau zu Frau: Die Vielfalt der Brüste

Bei jeder von euch entwickeln sich diese Brüste anders und es gibt auch hier kein Richtig oder Falsch. Bei manchen Mädchen wachsen sie nur langsam und es kann ein paar Jahre dauern, bis sie ihre endgültige Größe erreicht haben. Bei anderen Mädchen wachsen sie hingegen so schnell, dass der Körper nicht hinterherkommt, wodurch Dehnungsstreifen entstehen können. Diese Streifen werden mit den Jahren blasser und meistens sind sie nach der Pubertät kaum noch zu sehen.

Auch wenn die Bilder von Brüsten, die uns in den Medien gezeigt werden, uns glauben lassen wollen, dass es eine »normale« Form und Größe von Brüsten gäbe, so gibt es doch in Wirklichkeit große Unterschiede. Manche Brüste sind runder als andere, manche scheinen aufrecht zu stehen, andere hängen mehr nach unten. Hier eine interessante Tatsache: Die Brüste der meisten Mädchen sind nicht gleich groß, auch wenn der Unterschied meistens kaum zu sehen ist. Bei einigen unterscheiden sie sich aber auch deutlicher – eine Brust kann schon mal eine Körbchengröße mehr haben als die andere.

Es gibt auch unterschiedlich geformte Brustwarzen. Manche haben größere, andere kleinere und sogar die Größe der dunkleren Haut rund um die Brustwarze, der sogenannte Warzenhof, kann unterschiedlich groß sein. Einige haben auch Brustwarzen, die zum Teil oder sogar komplett nach innen gerichtet sind. Diese werden Hohl- oder Schlupfwarzen genannt. Wenn ihr also eine oder sogar zwei Hohlwarzen habt, müsst ihr euch keine Sorgen machen. Das liegt meist in der Familie, und wenn ihr älter seid, wird der Unterschied weniger zu sehen sein. (Und wenn ihr als Erwachsene ein Baby bekommen möchtet, solltet ihr auch wissen, dass es überhaupt kein Problem ist, mit solchen Brustwarzen zu stillen!)

Was für Brüste ihr später einmal haben werdet und wann sie anfangen, sich zu entwickeln, hängt von genetischen Faktoren ab, und auch wenn es oft stimmt, dass euer Körper dem eurer Mutter ähneln wird, ist das nicht immer so. Ich war wirklich ein ziemlicher Spätzünder und ich wurde von vielen als »flachbusig« gehänselt, bis ich etwa sechzehn oder siebzehn Jahre alt war. Gehänselt zu werden hat mir wehgetan, besonders weil man überall – im Fernsehen, in Magazinen, auf Plakaten – Brüste sieht und ich den Eindruck hatte, dass sie vielen Leuten sehr wichtig sind. Irgendwann habe auch ich Brüste bekommen, wie jede andere auch, und es stellte sich heraus, dass ich in dieser Hinsicht genetisch mehr von meiner Oma hatte als von meiner Mutter! Es war schlimm, das einzige Mädchen in der Klasse zu sein, das noch keinen BH brauchte, doch wenn ich jetzt im Nachhinein so darüber nachdenke, wünschte ich, ich wäre in der Lage gewesen, den Leuten, die mich gehänselt haben, zu sagen: »Na und!?«

Ist die Größe wichtig?

Wusstet ihr, dass es Zeiten gab, in denen man kleinere Brüste attraktiver fand? Jap! In den 1920er-Jahren banden sich zum Beispiel vollbusige Frauen ihre Brüste ab, um sie weniger üppig wirken zu lassen. Daran solltet ihr denken, falls ihr mit der Größe eurer Brüste unzufrieden seid – wer weiß, was in ein paar Jahren angesagt ist! Wichtig ist auch, dass ihr, wenn Jungs einmal zu Männern geworden sind und ihr ernsthaftere Dates habt, feststellen werdet, dass es auch große Unterschiede gibt, welche Körperformen Menschen attraktiv finden. Manche mögen kleine, manche lieber große Brüste, also macht euch keine Sorgen, dass euch wegen der Größe eurer Brüste nach der Pubertät jemand unattraktiv finden könnte. Euer Körper ist schön, egal wie groß sie sind!

Ladies first! Der weibliche Körper

Der untere Teil des weiblichen Körpers sieht von außen ganz unkompliziert aus. Das liegt daran, dass man nur die Vagina sehen kann, die vor allem dafür bekannt ist, dass Mädchen sie zum Pinkeln brauchen. Doch das ist eigentlich nicht richtig: Wir pinkeln aus einer Röhre namens Urethra oder Harnröhre, die von der Blase – in der sich der Urin sammelt – zu einer Öffnung führt, die sehr nah an der Vorderseite der Vagina liegt. Es gibt also tatsächlich zwei Öffnungen in diesem Bereich des weiblichen Körpers: die Vagina selbst, die von der Gebärmutter (dem Ort, an dem ein Baby heranwächst) nach draußen führt, und die Urethra. Zusätzlich gibt es dort noch einen äußerst wichtigen Teil der äußeren Genitalien, genannt Klitoris. Sie ist etwa so groß wie eine Erbse, besteht aus einem Schwellkörper und kann sich deshalb mal ein wenig schwammig und mal etwas fester anfühlen. Die Klitoris ist unglaublich wichtig, weil sie etwa achttausend Nervenenden besitzt, was sie zur sensibelsten Stelle des weiblichen Körpers macht.

Hier ist eine kleine Skizze der äußeren weiblichen Genitalien.

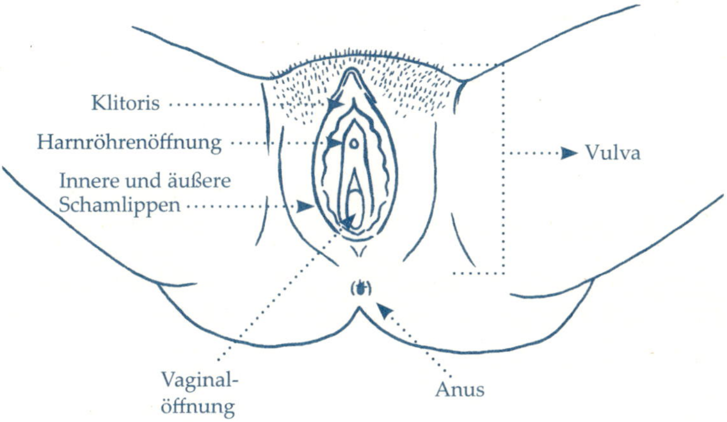

Alle Vorgänge, die zum weiblichen Fortpflanzungssystem gehören, laufen im Inneren des Körpers ab. Die Vagina bildet dabei eine Art Korridor, der zum Uterus führt, einem sehr wichtigen und erstaunlichen Organ. Man nennt es auch die Gebärmutter. In ihr entwickelt sich ein Baby, das dann, sobald es geboren wird, durch die Vagina aus der Gebärmutter gelangt. Rechts und links vom Uterus, der sich direkt unterhalb des Bauchnabels befindet, liegen die sogenannten Eierstöcke. Das sind etwa mandelgroße Organe, in denen sich noch vor der Geburt eines Mädchens alle Eizellen bilden und auch ihr ganzes Leben lang aufbewahrt werden. Die Eizellen sind die Voraussetzung für die Entstehung menschlichen Lebens und stehen im Mittelpunkt der größten Veränderungen während der Pubertät.

Hier eine vereinfachte Abbildung der Vagina, der Gebärmutter und der Eizellen.

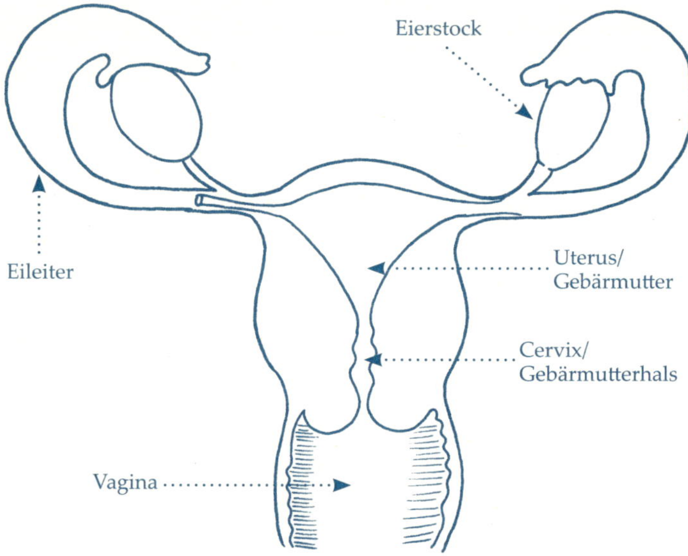

Wie also reagieren die Eierstöcke auf den Beginn der Pubertät? Die dabei vom Körper ausgesandten Hormone signalisieren den Eierstöcken, dass sie von nun an regelmäßig Eizellen freigeben sollen. Die Eizelle wird eine Art Gang hinuntergeschickt, den man Eileiter nennt und der die Eierstöcke mit der Gebärmutter verbindet.

Bevor ihr jetzt brüllt: »Ich bin doch noch gar nicht bereit für ein Baby!«, sei euch gesagt: Ich weiß! Aber hier der Deal: Durch die Pubertät bereitet sich der menschliche Körper auf den Tag irgendwann in der Zukunft vor, an dem ihr vielleicht doch ein Baby bekommen wollt.

Ist eine Eizelle in der Gebärmutter angekommen, liegen zwei Wege des Schicksals vor ihr. Erstens: Sie trifft mit einer Spermazelle aufeinander und ein Baby kann entstehen. Zweitens: Sie schwimmt einsam dort herum und bleibt unbefruchtet. Jeden Monat bereitet sich der weibliche Körper darauf vor, eine Zelle von den Eierstöcken loszulassen und in der Gebärmutter zu empfangen. Dafür erweitert die Gebärmutter ihre Schleimhaut (und tut noch eine Menge anderer komplizierter Dinge). Wenn die Eizelle nicht von einer Spermazelle befruchtet wird, stößt der Körper sie mitsamt der Gebärmutterschleimhaut und etwas Blut aus. Dieser Vorgang heißt Menstruation.

Menstruation

Für viele Jungs und auch einige Mädchen fühlt es sich seltsam an, über die Menstruation zu reden. Aber an der weiblichen Periode ist überhaupt nichts Seltsames. Es ist normal, es ist Biologie und nur dank ihr existieren wir alle überhaupt! Auch meine Söhne suchen immer das Weite, wenn ich versuche, mit ihnen über das Thema zu reden, aber ich will nicht, dass sie sich bei biologischen Themen unwohl fühlen. Aber noch weniger will ich, dass sie sich Mädchen gegenüber unwohl fühlen. Glaubt mir, es ist wichtig, nicht nur über den eigenen Körper Bescheid zu wissen, sondern auch über den des anderen Geschlechts.

Hier ein Überblick mit den wichtigsten Informationen zur Menstruation, auch Regelblutung genannt oder »die Tage haben«:

- Die Regelblutung tritt etwa einmal im Monat für ungefähr fünf bis sieben Tage auf.
- Eine Eizelle ist superwinzig, noch kleiner als der Punkt auf dem Buchstaben »i«, doch wenn sie vom Körper abgestoßen wird, kommt sie zusammen mit der Gebärmutterschleimhaut heraus, weswegen auch Blut austritt.
- Es ist nicht viel Blut, trotzdem muss es irgendwie aufgefangen werden, wofür Mädchen meistens Binden oder Tampons benutzen.
- Während der Menstruation fühlen sich Mädchen und Frauen oft unwohl, haben Schmerzen und sind allgemein nicht besonders gut drauf. Das ist völlig normal – das liegt an all den Hormonen, die die Menstruation auslösen.
- Es ist nicht witzig, Mädchen damit aufzuziehen, dass sie ihre Tage haben, oder zu behaupten, es wäre eklig, oder sich komische Namen dafür auszudenken. Entspannt euch einfach und lasst die Natur ihre Arbeit machen.

Hier eine kleine Abbildung davon, wie die Periode abläuft:

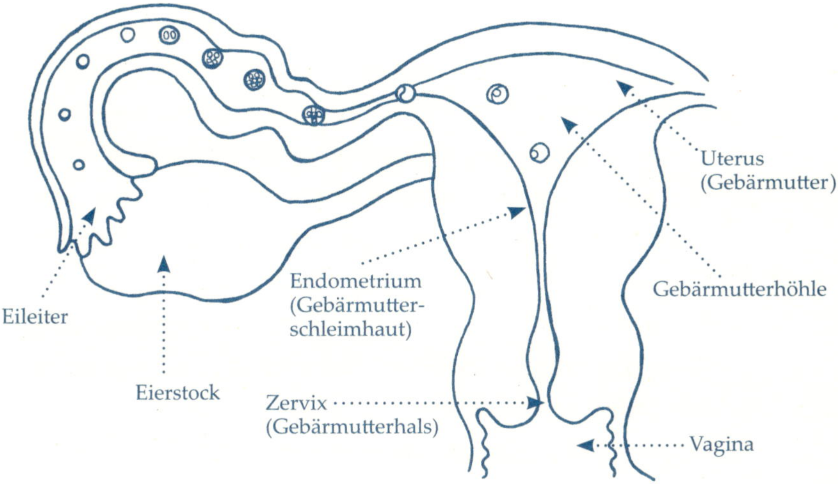

Von Frau zu Frau: Tipps für die Tage mit den Tagen

Wenn ihr eure Periode habt, kommt dabei eigentlich nicht besonders viel Blut heraus, tatsächlich ist es weniger als eine Vierteltasse voll, aber es ist dennoch genug, dass ihr Binden oder Tampons benutzen solltet, um das Blut aufzufangen. An manchen Tagen eurer Periode ist die Blutung etwas stärker, an manchen auch mal sehr viel schwächer. Man sollte wissen, was für den eigenen Körper während der Periode in etwa normal ist, sodass man gut einschätzen kann, ob mal etwas anders ist als sonst, worum man sich dann kümmern sollte. Denn normalerweise seid ihr die erste Person, die merkt, wenn mit eurem Körper etwas nicht stimmt – also seid aufmerksam und sprecht mit einem Arzt oder einer Person, der ihr vertraut, sollte etwas merkwürdig sein oder sich falsch anfühlen. Sich auf diese Weise um sich selbst zu kümmern stärkt euch auch in eurer Selbstbestimmung.

Ob ihr euch nun für Binden oder Tampons oder einen ganz anderen Hygieneartikel entscheidet, liegt ganz bei euch. Ich selbst habe in den ersten Jahren meiner Periode keine Tampons getragen und ich mag sie bis heute nicht wirklich. Es kursieren eine Menge Gerüchte über Tampons, zum Beispiel, dass man Tampons erst benutzen könnte, wenn man bereits Sex hatte. Das stimmt nicht! Selbst wenn man noch keinen Sex hatte, kann man Tampons benutzen, und es wirkt sich auch nicht auf den Teil eures Körpers aus, um den es beim Sex geht. Wenn man ein Tampon einführt, sollte man seinen Körper ENTSPANNEN und ruhig atmen, damit man sich nicht verkrampft, was sonst dazu führen kann, dass die Muskeln der Vagina das Tampon wieder herausdrücken. Auch wenn es vielleicht seltsam klingt, die einfachste Art, ein Tampon auszuprobieren und einzuführen, ist es, einen Fuß auf den Badewannenrand zu stellen. (Das ist eins von den Tampon-Gerüchten, die tatsächlich stimmen.) Tampons werden mit dem sogenannten toxischen Schocksyndrom in Verbindung gebracht, einer sehr seltenen, aber gefährlichen Infektion. Deshalb solltet ihr sie, wenn ihr mit einem Tampon ins Bett geht, es alle acht Stunden und tagsüber alle sechs Stunden wechseln.

Es gibt noch andere Möglichkeiten, mit der Periode umzugehen, wie zum Beispiel, indem man Menstruationstassen aus Silikon oder Naturschwämme benutzt. Manche Frauen benutzen sogar nachhaltige Stoffbinden, die man waschen und jeden Monat wieder tragen kann, um weniger Müll zu produzieren. Schaut einfach, was für euch am besten funktioniert!

Wofür auch immer ihr euch entscheidet, am besten tragt ihr es immer bei euch, falls euch eure Periode einmal überraschen sollte! Eure erste Periode ist meistens nicht ganz regelmäßig, aber das ist normal. Bis die Hormone in eurem Körper sich eingependelt haben, kann sie auch mal ein oder zwei Monate ganz aussetzen. Wenn ihr sie das erste Mal bekommen habt, solltet ihr euch einen Arzt suchen, der euch von da an regelmäßig untersucht und sicherstellt, dass alles seinen normalen Gang geht. Eure Mom oder eine andere Person, die euch nahesteht, kann euch helfen zu verstehen, was euch ab jetzt erwartet.

Besonderheiten deiner Periode

Während die meisten Frauen etwa alle 28 Tage ihre Periode bekommen, haben viele Mädchen oft unterschiedlich lange Monatszyklen, was nicht heißt, dass mit ihnen etwas nicht in Ordnung ist. Manche Mädchen haben einen relativ kurzen Zyklus, besonders zu Beginn ihrer Menstruation, andere dafür einen längeren. Um seinen Körper und seine Gesundheit immer im Blick zu haben, ist es wichtig, sich seinen Zyklus aufzuschreiben, denn manche Veränderungen können auf etwas hinweisen, das man sich genauer ansehen sollte. Es hilft deinem Arzt, zu wissen, wie oft du deine Periode bekommst, um abschätzen zu können, ob er mehr über deinen Zyklus wissen muss. Ich benutze zum Beispiel eine Tabelle. Es gibt aber auch Apps fürs Smartphone, in die ihr eure Zyklen eintragen könnt, wenn euch das besser gefällt. Manchmal bekommen junge Mädchen empfohlen, die Pille zu nehmen, damit ihr Zyklus regelmäßiger wird, noch bevor ihr Körper überhaupt die Zeit hatte, das von allein hinzubekommen. Es ist wichtig, den persönlichen Rhythmus des eigenen Körpers zu kennen, um sich gut um ihn kümmern zu können!

Manchmal kann euer Körper vor oder während der Periode schmerzen oder sich wund und verspannt anfühlen. Schmerzen und Magenkrämpfe – genauer gesagt, Krämpfe direkt unter deinem Magen, genau dort, wo sich der Uterus befindet! – kommen daher, dass deine Gebärmutter gerade dabei ist, die Schleimhaut gemischt mit Blut nach draußen zu befördern, die sich in den letzten Wochen gebildet hat, um einem befruchteten Ei ein Nest zu bieten. Jeder Körper ist anders und so sind leichte bis mittlere Schmerzen genauso normal wie starke Krämpfe. Ein oder zwei Tage vor eurer Periode und die ersten ein oder zwei Tage während eurer Periode sind die Schmerzen normalerweise am stärksten. Es kann die Krämpfe lindern, es so ruhig wie möglich anzugehen, eine heiße Wärmflasche auf euren Bauch zu legen und Koffein zu meiden, sowohl in Kaffee als auch in Softgetränken. Und manchmal kann auch ein kleiner Spaziergang helfen, damit man sich wieder besser fühlt. Es gibt auch ein paar Yoga-Übungen, die die Schmerzen von Krämpfen lindern können, besonders solche, die die Durchblutung in deinem Bauch auf hilfreiche Weise anregen, wie zum Beispiel Übungen in der Hocke, Streck-, aber auch Entspannungsübungen wie die »Stellung des Kindes«. Ihr könnt auch Schmerzmittel wie Ibuprofen nehmen, um die Beschwerden zu lindern, doch manche Medikamente können bei jüngeren Menschen zu Nebenwirkungen führen, weswegen ihr immer zuerst mit einem Erwachsenen darüber sprechen solltet, bevor ihr sie nehmt. Sollten die Schmerzen so stark sein, dass ihr nicht mehr aus dem Bett kommt oder ihr euch sogar übergeben müsst, solltet ihr auf jeden Fall zu einem Elternteil, Lehrer oder Hausarzt gehen.

Yoga-Übungen gegen Krämpfe

Das Wichtige bei diesen Übungen ist es, sie so lange zu halten, wie ihr euch dabei gut fühlt und es nicht anfängt, total unangenehm zu werden. Versucht, sie etwa dreißig bis sechzig Sekunden lang zu halten, aber es ist auch völlig in Ordnung, mit fünfzehn Sekunden anzufangen, wenn ihr glaubt, dass ihr es erst einmal nicht länger schafft. Atmet dabei tief und ruhig ein und aus und stellt euch vor, dass sich bei jedem Atemzug die schmerzende Stelle ein wenig mehr entkrampft, damit sich die Verspannung in eurem Bauch lösen kann.

1. Tiefe Hocke oder auch: Girlanden-Haltung (Malasana)
2. Kamel-Stellung (Utrasana)
3. Stellung des Kindes (Balasana)
4. Die Taube (Eka Pada Rajakapotasana)

1.

2.

3.

4.

Wenn ihr eure Periode bekommt, kann es auch sein, dass sich eure Stimmung verändert. Das liegt daran, dass es während der Pubertät zu Veränderungen der chemischen Stoffe kommt, die von eurem Gehirn freigesetzt werden. In der Woche, bevor ihr eure Periode bekommt, kommt es zu einem großen Wechsel zwischen zwei speziellen chemischen Stoffen, nämlich Estrogen und Progesteron. Der Wechsel dieser beiden Hormone kann bei einigen Gefühle wie Traurigkeit, Wut und Frustration oder sogar leichte Depressionen auslösen. (Manche von uns bekommen auch Migräne, wenn sie ihre Tage haben, was einen wirklich fertigmachen kann!) Stimmungsschwankungen verschwinden normalerweise wieder, sobald die Periode einsetzt, und einige der Methoden, die ich euch genannt habe, die eure Krämpfe lindern, können auch helfen, euch mental wieder besser zu fühlen. Zum Beispiel könnt ihr euch einfach etwas ausruhen oder leichte Dehnübungen machen. Wenn ihr euch während eurer Periode sehr schlecht fühlt und oft weinen müsst, oder ihr so traurig seid, dass ihr euch am liebsten unter der Bettdecke verkriechen und gar nicht mehr rausgehen wollt, obwohl ihr ansonsten sehr gerne etwas unternehmt, dann sprecht am besten mit einem Arzt oder einem Erwachsenen eures Vertrauens darüber.

Last, but not least! Der männliche Körper

Im Penis befindet sich eine lange Röhre namens Urethra oder auch Harnröhre, die von den Nieren – wo der Urin produziert wird – zu der Öffnung des Penis führt. Der Penis erstreckt sich im Grunde von innen nach außen. Die männlichen Genitalien – der Penis und die Hoden – befinden sich außerhalb des Körpers. Die beiden Hoden wiederum befinden sich in einem empfindlichen Beutel, den wir als Skrotum oder auch Hodensack bezeichnen. Wenn ihr schon einmal einen Schlag zwischen die Beine bekommen habt, Jungs, dann wisst ihr, was Schmerz bedeutet!

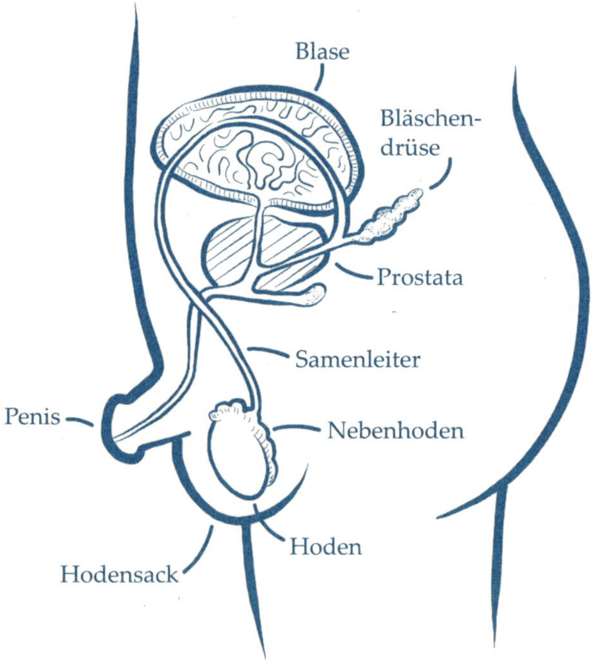

Das kann so wehtun, dass man sich deswegen vielleicht sogar übergeben muss. Das Nervengeflecht, das auch für die Schmerzverarbeitung der Hoden zuständig ist, führt nämlich in den Magen. Deshalb erhaltet ihr von eurem Gehirn, wenn ihr einen Schlag in die Weichteile bekommt, die Nachricht, dass ihr euch den Bauch halten und euch zusammenrollen sollt, um eure Hoden vor möglichen weiteren Angriffen zu schützen. Das ist ein Urinstinkt, der damit zusammenhängt, potenzielle zukünftige Kinder beschützen zu wollen. Denn die Samenzellen, die benötigt werden, um Kinder zu zeugen, befinden sich in den Hoden.

Und wisst ihr noch, wie ich euch erklärt habe, dass sich wegen des Y-Chromosoms die weiblichen Merkmale in männliche umwandeln, während sich der Embryo entwickelt? Aus diesem Grund waren alle Hoden ursprünglich mal als Eierstöcke vorgesehen.

Die Wanderung der Hoden

Sobald die Eierstöcke damit beginnen, sich in Hoden eines sich entwickelnden Jungen umzuwandeln, machen sie sich auf den Weg nach draußen, um schließlich ihren Platz im Hodensack einzunehmen. Während dieses Vorgangs kann es manchmal passieren, dass sich die Öffnung im Bauchfell, durch die der Hoden nach außen tritt, nicht richtig verschließt. Deshalb kommen etwa vier Prozent der Babys mit einem sogenannten Leistenbruch auf die Welt. Das bedeutet, dass durch die Öffnung die inneren Organe nach außen drängen. Normalerweise verschließt sich diese Öffnung innerhalb von drei Monaten von allein, manchmal ist aber auch eine kleinere Operation notwendig. Auf jeden Fall sollte ein Arzt sich das Ganze einmal genauer ansehen. Auch Mädchen können einen Leistenbruch haben, aber bei Jungs kommt er wesentlich häufiger vor.

Ein anderer faszinierender Fakt über die Wanderung der Hoden ist, dass es bei etwa vier Prozent der Babys vorkommt, dass ein (sehr viel seltener beide) Hoden es nicht bis ganz in den Hodensack schafft. Normalerweise haben sich die Hoden bis zum neunten Lebensmonat von selbst abgesenkt. Wenn das nicht der Fall ist, kann auch das mit einer kleineren Operation behoben werden.

Der Penis ist ein Muskel, und wie bei jedem anderen Muskel auch wird er aktiviert, sobald er mit Blut versorgt wird. Durch das Blut, das sich in ihm befindet, kann der Penis größer und hart werden. Das nennt man dann eine Erektion. Jungs haben während der Pubertät, wegen des ausgeschütteten Testosterons, öfter mal eine Erektion. Der Körper muss sich erst noch an all die vielen neuen Dinge gewöhnen, weshalb Jungs hin und wieder auch einmal eine Erektion bekommen können, wenn sie gerade gar nicht damit rechnen. Mit der Zeit findet das Gehirn aber heraus, wann der richtige Moment dafür ist. Und auch wenn es total unangenehm und peinlich sein kann, denkt immer daran, dass das total normal ist und jedem Jungen mal passiert – selbst Erwachsenen noch ab und zu. Auch am Morgen mit einer Erektion aufzuwachen ist für Jungs und Männer jeden Alters nichts Ungewöhnliches, denn von den Hormonen, die für sie verantwortlich sind, werden in der Nacht mehr ausgeschüttet.

Manche Penisse und Hodensäcke unterscheiden sich etwas von anderen: Manche sind länger, manche etwas kürzer. Manche wachsen ganz gerade, manche haben einen kleinen Knick. Manchen Männern wurde schon als Baby die Vorhaut entfernt; diesen Eingriff nennt man Beschneidung. Dadurch sieht bei ihnen die Spitze des Penis anders aus als bei den Männern, die nicht beschnitten sind und die ihre Vorhaut zurückziehen können. Und selbst der Hodensack kann sich von denen anderer Jungs unterscheiden. Es gibt also keinen Grund zur Sorge, wenn man vielleicht Unterschiede bemerkt. Jeder Körper ist anders und es gibt eigentlich keine »normale« Größe, Form oder Art von Penis oder Hodensack!

Hier seht ihr ein paar Zeichnungen davon, wie Penisse und Hodensäcke aussehen können (und wirklich alle sind normal, bis auf den letzten!):

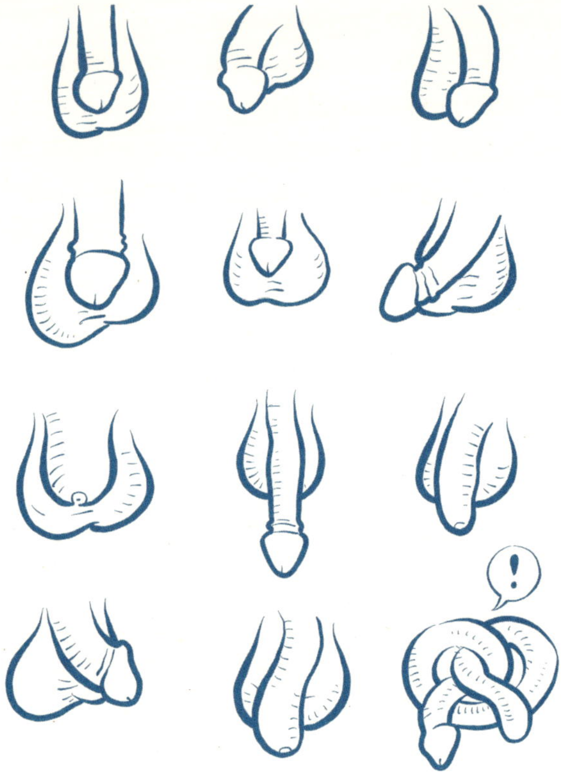

Auch Gefühle spielen eine Rolle, wenn es um den Penis geht. Es geht nicht bloß um Durchblutung zu unterschiedlichen Tageszeiten. Es gehört zu dem Plan des Gehirns, Jungs darauf vorzubereiten, sich zu einem jungen Mann und später zu einem Erwachsenen zu entwickeln, indem es während der Pubertät chemische Stoffe aussendet, die mit der Fähigkeit zusammenhängen, Kinder zu zeugen. (Ich weiß, ihr wollt noch lange keine Eltern werden (vielleicht auch gar nicht), aber euer Gehirn und euer Körper fangen in der Pubertät sozusagen schon einmal an zu üben.) Das bedeutet, dass euer Gehirn die Menschen in eurer Umgebung genau unter die Lupe nimmt, um herauszufinden, wen ihr attraktiv findet. Und wenn ihr euch von jemandem angezogen fühlt, kann es passieren, dass euer Gehirn eine Botschaft an euren Penis sendet und dieser stärker durchblutet wird. Eigentlich sagt euer Gehirn eurem Körper ungefähr Folgendes: »Hey, das ist die Art von Mensch, mit dem wir uns gerne fortpflanzen würden.« Diesen ganzen Vorgang – jemanden zu sehen, den man attraktiv findet, und daraufhin eine Erektion zu bekommen – nennt man Erregung.

Erregt zu sein und eine Erektion zu haben führt manchmal zu einer Ejakulation, also dazu, dass der Penis Spermien freisetzt. Die Spermien werden in einer Flüssigkeit nach draußen befördert. Spermien freizusetzen ist für Jungs und Männer etwas ganz Natürliches, da sich in der Flüssigkeit – dem Sperma – die Zellen befinden, aus denen sich später ein Baby entwickelt. Zu ejakulieren gehört dazu, wenn der Körper übt, wie Babys gemacht werden. Jede Ejakulation beinhaltet ungefähr 100 Millionen Spermien – sie sind wirklich superklein! – und das gesamte Ejakulat ist meist nicht mehr als das, was etwa auf einen Teelöffel passen würde. Sperma kann weißlich oder gelblich oder sogar leicht gräulich sein. Wenn es gerade erst freigesetzt wurde, ist es relativ dickflüssig, doch schon nach circa zwanzig Minuten ist es meistens um einiges flüssiger, weil es Enzyme enthält, die Proteine abbauen.

Selbsterkundung

Die Pubertät ist eine Zeit, in der Jungs und Mädchen sehr an ihrem eigenen Körper interessiert sind, vor allem an den Stellen, die sich gut anfühlen, wenn man sie auf eine bestimmte Weise berührt. Wenn man sich selbst berührt, nennt man das Masturbation. Während einige Kulturen und Religionen fest daran glauben, dass Masturbation nicht gesund oder gut für euch ist, ist weithin anerkannt, dass es überhaupt nichts Schlimmes ist, sich selbst zu berühren. Im Gegenteil – euer Körper wurde extra mit Stellen ausgestattet, die sich super anfühlen, wenn ihr sie berührt, und das ist sehr wichtig! Ihr werdet mal mehr und mal weniger Lust dazu haben zu masturbieren, doch fast alle tun es und es ist völlig in Ordnung, den eigenen Körper auf diese Weise besser kennenzulernen! Wenn ihr Zweifel oder Fragen dazu habt, sprecht am besten mit jemandem, dem ihr vertraut, damit ihr das alles noch besser versteht.

Unser Verhalten: Typisch Junge, typisch Mädchen?

Hormone sind während der Pubertät für viele Dinge verantwortlich: Sie verändern unser Aussehen, verpassen uns einen Wachstumsschub und bewirken auch sonst so einiges. Eine der wichtigsten Veränderungen, die durch sie verursacht werden, ist die Veränderung unseres Verhaltens. Wir reagieren plötzlich anders auf bestimmte Dinge und beginnen, neue Interessen zu entwickeln – möglicherweise denkt ihr seit Kurzem darüber nach, euch mal mit einem Jungen oder einem Mädchen zu verabreden, oder ihr fragt euch ständig, was andere von euch halten, ob sie euch mögen oder sogar attraktiv finden – all das bewirken die Hormone. Die Pubertätshormone bereiten uns darauf vor, erwachsen zu werden und Kinder zu bekommen, falls wir uns dafür entscheiden, Eltern zu werden. Auch wenn ihr dazu wahrscheinlich jetzt noch nicht bereit seid, ist es dennoch wichtig zu verstehen, welche Rolle Hormone bei eurer Entwicklung zu einem Erwachsenen spielen.

Unser Verhalten ist generell unterschiedlich, da manche von uns zwei X-Chromosomen besitzen und manche ein X- und ein Y-Chromosom. Das ist auch der Grund, warum viele Leute Dinge sagen wie »Jungs und Mädchen sind einfach anders!«. Lass es mich etwas genauer erklären: Mädchen besitzen einen DNS-Satz, der darauf programmiert ist, dass sie sich auf eine bestimmte Art und Weise verhalten, und Jungs besitzen einen anderen DNS-Satz, der darauf programmiert ist, dass sie sich auf eine andere Art und Weise verhalten. Du hast bestimmt schon einmal gehört, wie jemand das Wort *feminin* benutzt hat, um Verhalten zu beschreiben, das üblicherweise Frauen zugeschrieben wird, und das Wort *maskulin*, um Verhalten zu beschreiben, das üblicherweise Männern zugeschrieben wird. Diese Worte treffen sicher nicht auf jeden zu, aber dir fallen bestimmt ein paar

Verhaltensweisen aus deinem eigenen Alltag ein, die dir typisch weiblich oder typisch männlich vorkommen. Hier ein paar klassische Klischees, auch Stereotype genannt, die wir oft über das Verhalten von Mädchen und Jungs zu hören bekommen und bei denen es um vermeintliche weibliche oder männliche Eigenschaften geht.

weiblich	männlich
Mädchen machen sich gerne schick und schminken sich.	Jungs mögen Autos und Fußball und Rangeln, sie machen gerne Witze über bestimmte Körperfunktionen.
Mädchen telefonieren viel und schicken sich ständig Text- oder Sprachnachrichten.	Jungs unterhalten sich nicht gern.
Mädchen sind romantisch.	Jungs mögen Sportarten, bei denen es hart zur Sache geht.
Mädchen sind sehr emotional.	Jungs zeigen nicht so gerne ihre Gefühle.

Das Interessante an diesen Stereotypen ist: Auf einige davon trifft man in allen Ländern der Welt. Zum Beispiel unterhalten sich Mädchen überall auf der Welt lieber als Jungs. Aber heißt das auch, dass jedes einzelne Mädchen sich lieber unterhält als jeder einzelne Junge? Natürlich nicht! Es bedeutet bloß, dass generell einige Vorurteile über Jungs und Mädchen wahr sind.

Schaut euch noch einmal die Tabelle an. Klingt eine Beschreibung davon falsch in euren Ohren? Oder treffen sie auf jemanden, den ihr kennt, so gar nicht zu? Kennt ihr zum Beispiel einen Jungen, der sich gerne schick macht und seine Gefühle ganz offen zeigt? Ich kenne definitiv welche. Oder kennt ihr ein Mädchen, das Autos liebt und auch sonst gerne Sachen macht, von denen andere sagen, dass es »Jungskram« sei? Ich bin sicher, da fällt euch jemand ein.

Als ich noch klein war, mochte ich eine Menge Sachen, von denen die Leute gesagt haben, dass sie nur was für Jungs wären. Ich mochte härtere Sportarten und ich habe nie verstanden, warum so viele Mädchen ständig miteinander telefoniert und über die Jungs aus unserer Klasse gequatscht haben. Ich war also kein besonders »weibliches« Mädchen.

Auch heute als Erwachsene mag ich noch immer Sachen, von denen viele sagen, dass es ja eigentlich Männersachen wären, und einige Sachen, die Frauen gut finden »sollten«, kann ich überhaupt nicht leiden. Ich ziehe mich zum Beispiel nicht gerne schick an, schminke mich nicht gern und lackiere mir auch nicht gern die Nägel. Ich mag Superhelden- und Actionfilme und könnte mir, würde man mich lassen, den ganzen Tag Football im Fernsehen ansehen. Ich bekomme eine Gänsehaut, wenn ein Ferrari an mir vorbeifährt. Ich bin also keine »typische« Frau und das ist völlig in Ordnung.

Auch wenn unsere DNS festlegt, ob wir eine Vagina oder einen Penis haben, und sie sogar beeinflusst, wie wir auf manche Dinge reagieren, können sich Menschen dennoch ganz unterschiedlich fühlen und verhalten, ohne dass das gleich bedeutet, dass mit ihnen etwas nicht stimmt. Es gibt Mädchen, die sich sehr mädchenhaft verhalten, und Mädchen, die nicht ganz so mädchenhaft sind, und es gibt Jungs, die sich eher jungsmäßig verhalten, und Jungs, die es weniger tun. Was wir in unserer Kultur für besonders weiblich oder männlich halten, kann von den Vorstellungen in anderen Kulturen komplett abweichen, denn diese sind sehr vielfältig.

Oft werden Mädchen, die nicht mädchenhaft genug sind, und Jungs, die sich nicht jungsmäßig genug verhalten, dafür ausgelacht. Das kann für sie sehr schmerzhaft sein. Es ist wichtig zu verstehen, dass es ganz unterschiedliche Arten von Menschen gibt und nichts falsch daran ist, zu mögen, was man eben mag, und zu sein, wie man eben ist. Es gibt Orte auf dieser Welt, an denen es als etwas sehr Schlechtes betrachtet wird, anders zu sein. In anderen Kulturen gibt es aber auch neben weiblich und männlich noch weitere Geschlechterkategorien für Menschen, die sowohl weibliche als auch männliche Merkmale besitzen. Tatsache ist nämlich, dass bereits seit Tausenden von Jahren mehr als nur zwei Geschlechter bekannt sind.

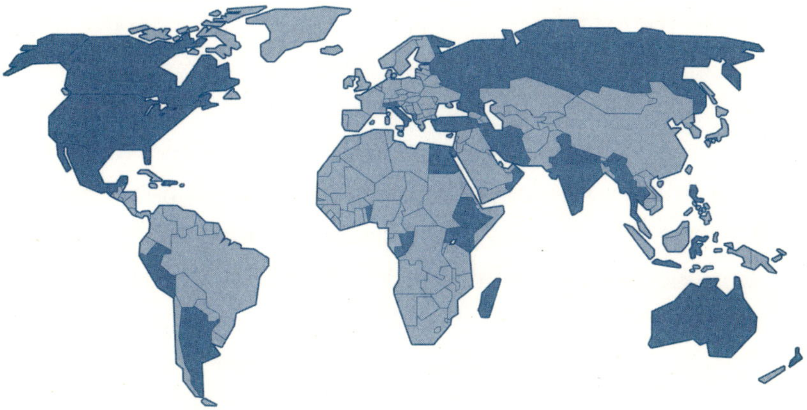

Länder auf der ganzen Welt, in denen mehr als zwei Geschlechter anerkannt werden.

In einigen Ländern wurde in den letzten Jahren viel über Menschen geredet, die sich, obwohl ihre DNS ihnen sagt, dass sie weiblich sind, nicht wie eine Frau fühlen, oder deren DNS ihnen sagt, dass sie männlich sind, sich aber nicht wie ein Mann fühlen. Diese Menschen nennt man Transgender. Manche Transgender möchten, dass ihre äußeren Geschlechtsmerkmale an ihr gefühltes Geschlecht angepasst werden, manche aber auch nicht. In so einer Situation gibt es nicht die eine richtige Entscheidung und es ist nichts falsch oder gar schlimm daran, so zu sein und zu empfinden.

Besonders wichtig ist es auch, zu wissen, dass nicht jeder Körper auf die gleiche Weise funktioniert und dass man anderen Leuten nicht in den Kopf schauen kann, um zu erfahren, was sie denken oder fühlen. Es gibt mittlerweile ein paar sehr interessante wissenschaftliche Studien darüber, wie der Hormonspiegel im Gehirn und im Körper von Menschen aussieht, deren DNS nicht zu ihrem gefühlten Geschlecht passt. Sie beweisen, dass es tatsächlich hormonelle Unterschiede gibt. Ich hoffe, dass wir es hinbekommen, dass irgendwann alle Menschen ihr Leben uneingeschränkt genauso führen können, wie sie sich mit sich selbst am wohlsten fühlen.

Auf den Punkt ...

In diesem Kapitel haben wir über ziemlich bedeutende Sachen gesprochen: über die Veränderungen in unserem Körper, während wir uns von einem jungen Mädchen zu einer erwachsenen Frau oder von einem Jungen zu einem Mann entwickeln. Darüber, dass es manchmal echt hart sein kann, mit diesen Veränderungen umzugehen, und dass manche das Gefühl haben, die Erwartungen, die an sie gestellt werden, nicht erfüllen zu können, weil sie vielleicht nicht »normal« sind. Aber seien wir mal ehrlich: Die meisten von uns sind völlig normal! Vielleicht könnt ihr ja mit eurer Mom oder eurem Dad ganz offen über alle Veränderungen in und an eurem Körper reden und darüber, wie ihr euch dabei fühlt. Doch für manche kann es auch echt schwer sein, mit den Eltern, den älteren Geschwistern oder den Freunden darüber zu sprechen. Da kann man sich schon mal ziemlich einsam fühlen. Bei mir war es auch so, dass ich total viele Fragen hatte und mich nicht getraut habe, sie irgendjemandem zu stellen. Ich hoffe, dass dieses Kapitel euch ein paar von ihnen beantworten konnte und euch möglicherweise auch ein paar neue Begriffe und Informationen mit an die Hand gegeben hat. Informationen und Wissen zu all diesen Themen sind nämlich die beste Grundlage für die Reise zum Erwachsensein.

2 Wie unser Körper wächst

Wir haben bereits darüber gesprochen, wie sich entscheidet, ob ein Körper zu dem einer Frau oder zu dem eines Mannes wird und wie die Pubertät euch zu einem oder einer Erwachsenen heranwachsen lässt. Auch wenn es beim Erwachsenwerden oft darum geht, was man am besten für Klamotten trägt, welche Musik man hört und wie man sich bei einem Date verhalten sollte, ist viel entscheidender, was in eurem Innern passiert. Auch was ihr esst und wie ihr euren Körper behandelt, spielt dabei eine große Rolle, vor allem, wenn die Pubertät begonnen hat. Zu verstehen, wie genau unser Körper die Energie nutzt, die wir ihm geben, wenn wir etwas essen oder trinken, und wie diese Energie Teenager in gesunde Erwachsene verwandelt, ist überaus wichtig.

Viel trinken!

Lasst uns mit den Grundlagen beginnen. Wie ihr ja jetzt wisst, bestehen wir aus einer Vielzahl an Molekülen. Die Kombination aus Sauerstoff, Kohlenstoff, Wasserstoff, Stickstoff, Kalzium und Phosphor führt dazu, dass wir zu etwa sechzig Prozent aus Wasser bestehen. Und der

Wasseranteil in unserem Körper kann sich verändern, wenn wir nicht genug trinken – oder wenn wir auch mal zu viel trinken –, weil der Körper auf eine ziemlich exakte Weise damit versorgt werden muss.

Im Blut, im Urin und in allen anderen Körperflüssigkeiten befinden sich Mineralstoffe, sogenannte Elektrolyte. Diese nehmen wir in Form von Nahrungsmitteln und Getränken zu uns. Natrium, Kalium und Kalzium sind zum Beispiel solche Elektrolyte. Ihr Name kommt daher, dass sie elektrisch geladen sind. Manche sind positiv, manche negativ geladen. Stellt sie euch am besten wie eine Batterie mit einem positiven und einem negativen Pol vor. Wir benötigen genau die richtige Elektrolytdichte. Wenn diese Dichte zu sehr ins Ungleichgewicht gerät, funktioniert die Batterie nicht mehr richtig, sprich: Wir können krank werden. Wenn wir nicht genug getrunken haben, kann es sein, dass wir uns echt mies fühlen und uns sogar schlecht wird.

Ganz simpel ausgedrückt bedeutet das, dass euer Körper eine ganze Menge Wasser benötigt, die meisten Menschen aber nicht ansatzweise genug trinken. Ich will nicht behaupten, ich würde nicht auch mal eine Limo oder einen Saft trinken, aber die meisten von uns trinken tatsächlich nicht so viel Wasser, wie sie eigentlich sollten. Wir sollten alle versuchen, jeden Tag etwa 30 bis 40 ml Wasser pro Kilo unseres Körpergewichts zu trinken. Wenn ihr zum Beispiel 50 Kilo wiegt, solltet ihr also zwischen anderthalb und zwei Liter am Tag trinken.

Und was bitte ist so schlecht an Limo und Saft? Dass

in ihnen eine Menge Zucker enthalten ist, der sie eben auch erst so lecker macht. Das Problem mit dem Zucker ist, dass er die Chemie in unserem Körper völlig durcheinanderbringt, was dazu führt, dass wir launisch und hibbelig werden. Manchmal kann es sogar passieren, dass man von zu viel Zucker Magenschmerzen bekommt. Auch für die Zähne ist Zucker schlecht, da er das Lieblingsessen der Bakterien ist, die in unserer Mundhöhle leben und irgendwann unseren schützenden Zahnschmelz angreifen, wodurch Karies entsteht. Zu viel Zucker kann auch unserem Immunsystem schaden, was dazu führt, dass wir leichter eine Erkältung oder die Grippe bekommen. Und Zucker kann uns sogar süchtig machen. Er lässt unseren Körper glauben, er bräuchte neuen Zucker, wenn er ihn gerade wieder abgebaut hat. Dadurch fühlt man sich dann schlecht gelaunt, zittrig und total neben der Spur. Je mehr Zucker wir essen oder trinken, desto höher ist die Wahrscheinlichkeit, süchtig danach zu werden. Es ist also ein super Start in ein gesünderes Leben, auf gezuckerte Getränke zu verzichten, so gut es geht.

Das sind ein paar der Dinge, die passieren können, wenn euer Körper dehydriert, weil ihr zu wenig Wasser getrunken habt:

- trockener Mund und trockene Lippen
- rissige Haut
- schlechter/unruhiger Schlaf

- tagsüber immer müde sein
- häufig krank sein
- Konzentrationsschwierigkeiten
- Muskelkrämpfe
- Kopfschmerzen
- Schwindelgefühl
- schlechter Atem
- nicht richtig aufs Klo können (!)

Nichts davon ist besonders witzig!

Wasser-Experiment

Ich weiß! Den ganzen Tag nur Wasser zu trinken klingt schrecklich. Aber ihr könntet das Ganze als eine Art Experiment betrachten – vielleicht auch erst mal nur für ein paar Wochen. Wenn ich Wasser ein bisschen mehr Pep verleihen will, dann mache ich mir ein paar Orangen- oder Gurkenscheiben oder ein paar Beeren hinein. So bekommt es ein wenig Geschmack. Limo und Säfte trinke ich nur zu besonderen Anlässen. Wenn man sich angewöhnen will, mehr Wasser als Limo oder Saft zu trinken, braucht der Körper ein paar Wochen, um sich umzustellen. Um das Verlangen nach Zucker zu überwinden, braucht es einfach seine Zeit. Wenn ihr es schafft, während eines Zwei-Wochen-Experiments auch noch auf andere zuckerhaltige Leckereien zu verzichten, werdet ihr hinterher erstaunt darüber sein, wie sehr sich eure Geschmacksnerven verbessert haben!

Gesund essen!

Also, was für Lebensmittel genau braucht unser Körper? Von Ernährungswissenschaftlern wird empfohlen, dass Mahlzeiten Lebensmittel aus den folgenden Kategorien beinhalten sollten: Obst und Gemüse, Proteine, Getreide und Milchprodukte (oder eine andere Kalziumquelle, wenn ihr euch von Milchprodukten lieber fernhaltet). Wir kommen jetzt also zu den grundsätzlichen Dingen, die ihr über euer Essen wissen solltet.

Obst & Gemüse

Euch wurde bestimmt schon oft gesagt, dass ihr euer Gemüse aufessen sollt. So leid es mir auch tut, aber derjenige, der das gesagt hat, hatte recht. Dasselbe gilt auch für Obst. Obst und Gemüse sind einfach superwichtig. Sie enthalten Mineralstoffe wie zum Beispiel Kalium, Thiamin, Niazin, Folacin (Folsäure), Ballaststoffe und die Vitamine A, B, C, D und K. All das brauchen wir für kräftiges Haar, feste Fingernägel, eine schöne Haut und ein gut funktionierendes Gehirn, damit wir nach der Schule noch genug Energie haben, um mit Freunden abzuhängen, etwas zu unternehmen oder einfach nur zu quatschen. Vitamine und Mineralstoffe sind für wirklich viele Abläufe in unserem Körper unentbehrlich und ohne sie wären wir in einer echt schlechten Verfassung. Also, bitte, bitte, esst euer Gemüse – und euer Obst!

Bei Obst und Gemüse kommt es vor allem darauf an, dass man sie so roh wie möglich isst. Das bedeutet: So wie das Obst oder Gemüse von der Natur geliefert wird, ist es in der Regel am gesündesten. Und wenn es vorher gekocht werden muss, sollte man so wenig wie möglich hinzufügen. Also, anstatt eure Erdbeeren in gezuckerter Schlagsahne zu ertränken, solltet ihr lernen, Erdbeeren so zu lieben, wie sie sind. Oder nehmen wir mal die Kartoffel. Ihr liebt Pommes bestimmt über alles, aber versucht doch beim nächsten Mal so wenig Fett wie möglich zu benutzen. Schneidet sie einfach selbst und backt sie im Ofen. Dann schmecken sie bestimmt sogar ohne Mayonnaise. Mit einigen wenigen Ausnahmen (wie Karotten, Tomaten und Auberginen, die tatsächlich sogar ein bisschen an Nährstoffen dazugewinnen, wenn man sie ein wenig gart) ist fast jedes Gemüse und jedes Obst ungekocht oder nur ein wenig gedünstet und mit ganz wenig Soße am gesündesten.

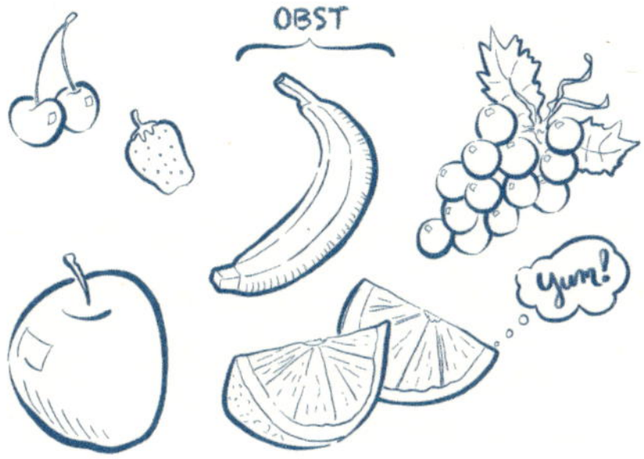

Proteine

Wenn ihr an Proteine denkt, auch bekannt als Eiweiße, denkt ihr bestimmt direkt an Fleisch. Es ist das Lebensmittel, mit dem die meisten Menschen Eiweiße zu sich nehmen: Hühnchen, Rind, Schwein, Lamm und Fisch sind wohl die bekanntesten Proteinquellen. Jede einzelne Zelle in unserem gesamten Körper und Gehirn bestehen daraus. Und Protein selbst besteht aus zwanzig verschiedenen Aminosäuren, von denen unser Körper neun (!) nicht selbst produzieren kann. Diese nennt man essenzielle Aminosäuren, denn sie sind … na ja, essenziell eben. Also ganz besonders wichtig. Um alle Aminosäuren aufzunehmen, damit unser Gehirn, Rückenmark, Verdauungssystem, Nieren und unser Immunsystem korrekt funktionieren, müssen wir Lebensmittel mit einer Menge Eiweiß essen. Ohne die benötigte Menge an Protein würden unsere Muskeln versagen, durch Giftstoffe beschädigte Zellen nicht wieder richtig heilen und wir könnten nicht mehr klar denken.

Wegen des unterschiedlichen Körperbaus und Hormonspiegels benötigen Jungen und Männer mehr Protein als Mädchen und Frauen. Doch auch wenn sie mehr Protein zu sich nehmen sollten (erwachsene Männer 56 Gramm am Tag und erwachsene Frauen 46 Gramm am Tag), kann zu viel Protein dennoch schädlich sein, weswegen es wichtig ist, zu wissen, wie viel man tatsächlich braucht.

In den USA, wo ich lebe, aber auch in Deutschland ist es weit verbreitet, tierisches Eiweiß zu sich zu nehmen, doch es gibt auch Länder, in denen die Menschen gesünder leben und ihre Proteine nicht ausschließlich durch Fleisch aufnehmen. Dort greift man auch auf nicht tierische Lebensmittel wie Bohnen, Nüsse und Körner zurück. Auch in Reis und sogar Brot und Nudeln sind Proteine enthalten. Menschen, die kein Fleisch essen – aus gesundheitlichen Gründen oder weil sie die Idee, Tiere zu essen, nicht gut finden –, können dennoch die richtige Menge an Eiweiß aufnehmen.

Proteinpulver

Proteinpulver ist etwas, das man in Essen, Shakes oder Smoothies mischt, um den Proteingehalt, den man zu sich nimmt, zu erhöhen, ohne zusätzliche Kalorien aufzunehmen, wie man es beim Essen proteinhaltiger Nahrung tun würde. Der Verkauf und das Marketing von Proteinpulver richten sich vor allem an Jungs in der Pubertät, weil man diese am besten mit Versprechen wie »schneller mehr Muskeln aufbauen!« ködern kann. Tatsache ist aber, dass man bereits ausreichend Protein zu sich nimmt, wenn man sich ausgewogen ernährt. Außerdem kann zu viel Protein schlecht für die Nieren sein und bei Jugendlichen zu Dehydrierung führen. Es ist wichtig, sich mit einem Arzt über die Proteinzufuhr zu unterhalten, besonders wenn man Gewichte hebt oder man versucht, Muskelmasse aufzubauen. Lasst euch von den unrealistischen Behauptungen der Protein-Pulver-und-Getränke-Industrie nicht in die Irre führen!

Zwar scheint es im Trend zu liegen, dass vor allem Mädchen sich vegetarisch oder vegan ernähren, um Gewicht zu verlieren, aber es ist doch eine sehr große Entscheidung, weniger oder gar keine tierischen Lebensmittel mehr zu essen – und wichtige Entscheidungen sollten gut überlegt und ganz bewusst getroffen werden. Einfach nur abnehmen zu wollen ist kein ausreichender Grund dafür.

Nicht nur Mädchen machen sich Gedanken um ihr Körpergewicht, auch immer mehr Jungs fühlen sich unter Druck gesetzt, dünn und sportlich zu sein. Weniger zu essen ist jedoch keine Lösung, um mit Problemen der Körperwahrnehmung umzugehen. Wenn ihr glaubt, dass eine strikte Diät euch ein gesünderes Körpergefühl geben kann oder ihr euch Sorgen um euer Gewicht macht, solltet ihr mit einem Ernährungsberater für Jugendliche sprechen, der sich euren Körper und euren Umgang mit Essen einmal genauer ansieht.

Geht es um die Wurst? Nicht nur!

Fleisch, Käse und Fisch sind nicht die einzigen Proteinlieferanten! Hier ein paar meiner Lieblingsmethoden, um ohne Fleisch genügend Eiweiß zu mir zu nehmen:

- Bohnen: Drei-Bohnen-Chili ist eine meiner liebsten Mahlzeiten mit viel Protein. Du kannst Bohnen auch einfach in Burritos, Salat und sogar zu Nudeln essen. Das ist total lecker und liefert eine Menge Eiweiß. Sie schmecken aber auch gut als Aufstrich, wie zum Beispiel Hummus. Experimentiert einfach ein bisschen mit ihnen und ihr werdet überrascht sein, was Bohnen alles mit euren Geschmacksnerven anstellen können und was sie für eure Eiweißaufnahme leisten.
- Soja: Zwar sollte man auch nicht zu viele Sojaprodukte essen, trotzdem ist Tofu (also leicht verarbeitetes Soja) eine Eiweißquelle, die man mit wenig Aufwand oder Vorbereitung gut in Pfannengerichten und Salaten verarbeiten kann. Tofu kann man aber auch unverarbeitetet für eine Taco- oder Burritofüllung verwenden. Sojabohnen passen außerdem gut zu vielen anderen Gerichten und liefern dir dabei eine Menge Eiweiß. Wie wäre es mal mit einem Veggie-Burger oder Räuchertofu auf dem Brot statt der gewohnten Scheibe Käse?

- Nüsse: Ihr esst bestimmt gerne Erdnussbutter (ich definitiv!), aber habt ihr auch schon einmal Mandelbutter probiert? Sie ist genauso köstlich, hat dafür aber mehr »gesunde« Fette (einfach ungesättigte) und weniger von den »schlechten« Fetten (gesättigte). Sich anzugewöhnen, hin und wieder ein paar Mandeln, Walnüsse oder Cashews zu knabbern, ist ideal, um Proteine und gesunde Fette zu sich zu nehmen. Ich snacke besonders gerne ab und zu eine Handvoll Mandeln und einen Apfel.
- Andere Möglichkeiten: Auch Getreide wie Hafer oder Quinoasamen enthalten eine Menge Proteine.

Kohlenhydrate

Für unseren Körper sind Kohlenhydrate die wichtigste Energiequelle. Wenn wir welche zu uns nehmen, werden diese in eine – gute – Art von Zucker umgewandelt. Gerade weil Kohlenhydrate aus Zucker bestehen, sind sie auch so wichtig. Ich weiß, ich habe gerade erst behauptet, dass viel Zucker nicht gut für unseren Körper sei, aber die richtigen Zuckerarten – wie die, die in gesunden, kohlenhydratreichen Lebensmitteln enthalten sind – sind superwichtig, weil sie unseren Körper mit Energie versorgen. Kohlenhydrate sind das, was unseren Körper und unser Gehirn antreibt! Egal, ob ihr im

Fitnessstudio Sit-ups machen wollt oder für euren Mathetest büffeln müsst, unser Körper braucht sie, damit wir unsere Muskeln effizient bewegen können oder unser Gehirn richtig funktionieren kann. Hat euch schon mal jemand gesagt, dass das Frühstück die wichtigste Mahlzeit des Tages ist? Das liegt daran, dass nachts, also wenn man nichts isst oder trinkt, der Blutzuckerwert sinkt. Am nächsten Morgen Kohlenhydrate zu essen hilft also dabei, Körper und Gehirn etwas Starthilfe zu geben. In der Regel stecken Kohlenhydrate vor allem in stärkehaltigen Lebensmitteln wie Reis, allen Getreidesorten, Brot und Nudeln. Sie sind aber auch in einigen Obst- und Gemüsesorten wie Bananen, Brokkoli, Karotten, Äpfeln und Tomaten enthalten.

In letzter Zeit hört man viel darüber, dass Leute weniger Kohlenhydrate essen wollen, also »low carb« essen, da diese schlecht für uns wären. Aber eigentlich sind Kohlenhydrate an sich gut für unseren Körper. Nur die Art und Weise, wie häufig wir sie zu uns nehmen, mit viel Soße und oft mit künstlichen Süßstoffen und Fett versetzt, ist ungesund. So können Nudeln zum Beispiel eine gesunde Mahlzeit sein, die uns über einen langen Zeitraum mit viel Energie versorgt (Läufer essen vor einem großen Marathon oft Nudeln!), aber wenn man sie mit Käse oder Butter überhäuft, können sie euch auch sehr viel Energie kosten. Und wenn wir uns nicht genügend bewegen, verbrennen wir auch keine Kohlenhydrate, was eben dazu führen kann, dass man zunimmt. Vollkornprodukte, wie zum Beispiel Vollkornbrot und

Vollkornnudeln, werden vom Körper langsamer abgebaut, wodurch man länger satt ist. Vollkornprodukte sind also eine sehr gute Energiequelle.

Gluten ist ein Protein, das man in jedem Lebensmittel findet, das aus Weizen, Gerste und Roggen hergestellt wurde, was bei den meisten der herkömmlichen Kohlenhydratprodukten wie Brot und Nudeln der Fall ist. Manche Leute sind allergisch gegen Gluten und sie fühlen sich nicht gut, wenn sie es essen. Menschen mit der Krankheit Zöliakie sind nicht in der Lage, Gluten zu verdauen. Nur ein kleines Stück von etwas zu essen, das Gluten enthält, kann für sie gefährlich werden. Wenn ihr feststellen solltet, dass ihr euch aufgebläht fühlt oder sich euer Bauch ganz hart anfühlt, nachdem ihr Brot oder Nudeln gegessen habt, solltet ihr mit einem Arzt darüber sprechen. Falls ihr dann wirklich auf Gluten verzichten müsst, macht euch darüber keine Sorgen! Es gibt mittlerweile eine ziemlich große Auswahl an leckerem glutenfreiem Brot oder leckeren glutenfreien Nudeln.

Kalziumzufuhr mit oder ohne Milchprodukte

Von Ärzten und Wissenschaftlern wird empfohlen, regelmäßig Kalzium durch milchhaltige oder milchfreie Lebensmittel zu sich zu nehmen. Milch ist voll von Kalzium und Proteinen, kann aber auch reich an Fett, Zucker und Salz sein. Ihr solltet also genau darauf achten, welche Milchprodukte ihr esst. Es ist zum Beispiel ein großer Unterschied, ob ihr regelmäßig einen Joghurt zum Frühstück esst oder ob ihr euch jeden Tag einen Becher Eiscreme reinschaufelt, um Kalzium zu euch zu nehmen. Der Großteil der Bevölkerung kann das Protein, das in Kuhmilch enthalten ist, eigentlich überhaupt nicht abbauen. Deswegen bekommen viele Leute auch Magenschmerzen, wenn sie Milchprodukte essen. Wenn ihr schon öfter mal Magenprobleme hattet, nachdem ihr eine Pizza oder Eiscreme gegessen habt, sprecht am besten einmal mit euren Eltern darüber. Auch wenn ihr keine Milchprodukte vertragt, gibt es noch viele andere Möglichkeiten, genug Kalzium zu bekommen. Es ist in Bohnen, Tofu und einer Menge Gemüsesorten enthalten, vor allem in grünem Blattgemüse.

Fette und Öle

Ich bin mir sicher, ihr habt in eurem Leben schon so viel über Fett gehört, dass ihr mittlerweile sogar etwas Angst davor habt. Ständig reden alle über fettreduzierte oder fettfreie Nahrungsmittel, und es gibt mindestens eine Million Schlankheitskuren, die euch helfen sollen, »Fett abzubauen«, und genauso viele Fitnessübungen, die euch helfen sollen, »Fett zu verbrennen«. Tatsächlich benötigt unser Körper aber eine gewisse Menge der richtigen Fette, um zu funktionieren und unser Gehirn mit ausreichend Energie zu versorgen. Fett hilft unseren Körperzellen dabei, sich zu teilen und zu wachsen. Fett schützt unsere Organe und hält uns in kalten Zeiten warm. Und es hilft dem Körper dabei, die Nährstoffe der Nahrungsmittel aufzunehmen, die wir essen. Fette werden auch gebraucht, damit unser Körper die richtige Menge an Hormonen produziert. Olivenöl und Öle, die man aus Walnüssen, Mandeln oder Cashews extrahieren kann, sind eine gesunde Fettquelle. Avocados enthalten auch gesunde Fette und man kann sie als Guacamole tarnen, so wie ich Avocados am allerliebsten esse! Lebensmittel, die sehr viel Fett enthalten oder in Fett gebraten wurden, wie zum Beispiel Hähnchenkeulen oder Zwiebelringe, weisen eine hohe Konzentration an ungesunden Fetten auf, weswegen ihr sie besser nicht jeden Tag essen solltet.

Leckere Guacamole einfach selbst gemacht

Hier ein schnelles und einfaches Rezept für Guacamole. Nehmt eine Avocado (oder zwei) und schneidet sie vorsichtig auf. Entfernt den riesigen Kern, löffelt das Fruchtfleisch heraus und zerdrückt es ordentlich mit einer Gabel. Gebt nicht auf, bis ihr nicht auch den letzten Rest zu Brei verarbeitet habt. Fügt ein oder zwei Prisen Salz und einen kleinen Spritzer Zitrone hinzu. Zerdrückt dann eine kleine Knoblauchzehe und gebt sie auch dazu. Vermischt alles. Je nach Geschmack könnt ihr auch noch ein paar gehackte Zwiebeln, Tomaten oder Koriander hineintun. In die fertige Guacamole könnt ihr entweder Gemüsesticks oder Cracker dippen.

Ernährungsverhalten oder Die Wahl eurer Lebensmittel

Es wird so viel darüber geredet, welche Lebensmittel wir essen und auf welche wir verzichten sollten. Die Leute sagen Sachen wie:

Esst mehr Obst und Gemüse.

Trinkt keine Limo.

Esst Vollkornprodukte.

Esst nicht zu viel Gluten.

Esst weniger rotes Fleisch, aber passt auch auf, dass ihr genug Protein zu euch nehmt.

Esst nicht zu viele Süßigkeiten, aber gönnt euch auch mal was.

Esst kein Fast Food … Aber was, wenn das grad einfach am schnellsten geht? Und es schmeckt ja auch total lecker und es ist nicht so teuer, also wäre das doch am besten, oder? Was ihr aber über Fast Food wissen solltet, ist, dass es ziemlich viel Zucker und Salz enthält und meistens eben auch eine ganze Menge Fett. Der Zucker, das Salz und das Fett sind es, die eurem Gehirn »LECKER! ISS MICH! ISS MICH!« zubrüllen. Das Problem ist, dass Fast Food und andere Lebensmittel, die viele Kohlenhydrate, viel Zucker und Salz enthalten, unseren Körper dazu bringen, viel mehr Kalorien aufzunehmen, als wir es in einer Mahlzeit notwendigerweise tun sollten. Mit der Zeit kann das viele gesundheitliche Probleme verursachen und dazu führen, dass man ungewollt an Gewicht zunimmt. Ihr denkt jetzt gerade sicher an die Kids, die ihr kennt, die ziemlich viel Fast Food essen und trotzdem dünn sind, oder? Nun, erinnert euch daran, dass eben nicht jeder Körper sofort zunimmt, doch spätestens in eurer Zeit als Teenager oder kurz danach wird euch das wieder einholen. Und Fast Food kann auch dazu führen, dass ihr innerlich krank werdet, auch wenn ihr äußerlich super ausseht. Und was wir wollen, ist ein gesundes Inneres UND ein gesundes Äußeres!

Um gesünder zu leben, haben Menschen bestimmte Essgewohnheiten, die ihnen dabei helfen können, ein besseres Ernährungsverhalten zu entwickeln. In einigen Teilen der Welt glaubt man zum Beispiel, dass es ungesund für Körper und Geist ist, Tiere zu essen, sodass die Menschen dort überhaupt kein Fleisch essen. In Japan und China führen die Menschen im Durchschnitt ein längeres und gesünderes Leben als wir. Dort isst man sehr viel Fisch, aber keine Milchprodukte und nur wenig rotes Fleisch. In den allerwenigsten Ländern der Erde ist Fleisch die Hauptquelle für Proteine. In meiner Heimat, den USA, und auch in Deutschland gibt es sehr viele Menschen, die an Übergewicht, Krebs, Diabetes und an Herzkrankheiten leiden. Dadurch, dass die USA viele Fertigprodukte in andere Länder importieren und in diesen auch viele amerikanische Fast-Food-Ketten ihre Filialen eröffnen, nehmen die Menschen dort irgendwann das gleiche Ernährungsverhalten an wie in den USA und entwickeln auch die gleichen Krankheiten, wie wir sie in Amerika haben. Daran kann man erkennen, dass es da eindeutig eine Verbindung gibt.

Aus diesem Grund haben auch viele Leute angefangen, vegetarisch zu leben. Vegetarier essen zwar Milchprodukte und Eier, aber kein Fleisch. Manche verzichten zwar auf Fleisch, essen aber Fisch. Diese Leute nennt man Pescetarier. Menschen, die sich vegan ernähren (ich bin einer von ihnen), essen überhaupt keine tierischen Produkte. Das heißt, sie essen kein Fleisch, keinen Fisch, keine Milchprodukte und keine Eier. Vegan oder vegetarisch zu leben erfordert ein wenig Recherchearbeit, wenn man seinen Gesundheitszustand aufrechterhalten will. Man kann nicht einfach den ganzen Tag Pommes essen und sich dann als gesunden Veganer oder Vegetarier bezeichnen – man muss schon dafür sorgen, dass man sich ausgewogen ernährt, damit der Körper optimal funktionieren kann.

Vegetarische oder vegane Ernährung ist nicht für jeden was und das ist völlig in Ordnung. Egal wie ihr euch ernährt, denkt immer daran: Bei jeder Mahlzeit habt ihr die Möglichkeit, eine gute Entscheidung zu treffen, und niemand ist in seinem Essverhalten immer »perfekt«. Es geht hierbei auch gar nicht um Perfektion. Schaut einfach, ob ihr es schafft, euren Geschmack ein wenig zu erweitern und euch mehr Wissen über Lebensmittel anzueignen, sodass ihr vielleicht – Mahlzeit für Mahlzeit – besser erkennen könnt, was eurem Körper wirklich guttut. Manche Menschen und sogar einige Schulen nehmen momentan an den sogenannten »fleischfreien Montagen« teil, essen also montags nur vegetarisch, um einfach mal auszuprobieren, wie es ist, weniger Fleisch zu essen.

Normalerweise entscheiden unsere Eltern, was wir die meiste Zeit über essen. Wenn eure auch nur annähernd so sind wie meine, dann mögen sie es überhaupt nicht, wenn man an dem Essen, was sie vorbereitet haben, rumkritisiert. Wenn ihr ihnen aber sagt, dass ihr euch ein bisschen mit gesunder Ernährung beschäftigt habt, könnt ihr den Speiseplan zu Hause vielleicht gemeinsam verändern, solange es dem Budget eurer Eltern entspricht. Wenn ihr ihnen sagt, dass es darum geht, dass ihr euch alle gesünder ernährt, werden sie es sicher nicht als Kritik verstehen. Und ihr könnt sie ja auch unterstützen, indem ihr beim Einkaufen und Kochen helft oder – noch besser! – indem ihr den Abwasch erledigt!

Wahrscheinlich muss ich euch das gar nicht sagen, aber ich tue es sicherheitshalber doch: Die Fähigkeit, sich in der Küche nützlich zu machen, ist weder allein für Mütter reserviert, noch ist sie reine Mädchensache. Als eure Großeltern jung waren, wurde das noch so gesehen. Das hat dazu geführt, dass mehrere Generationen von Männern auf eine Weise von ihren Frauen abhängig waren, die nicht gesund für sie war (und in vielen Fällen auch nicht für die Frau in der Beziehung). Jede und jeder von euch muss irgendwann für sich selbst sorgen können, ohne dass Mama oder Papa oder die Ehefrau oder der Ehemann alles erledigen. Bietet euren Eltern in der Küche eure Hilfe an. Schaut genau zu, wie sie Lebensmittel putzen, Mahlzeiten zubereiten, ein Messer oder andere Küchenutensilien benutzen, und helft ihnen beim Saubermachen. Lernt, wie man den Tisch richtig deckt, und stellt Fragen zur Zubereitung von Lebensmitteln. Einige der berühmtesten Köche der Welt sind Männer, und auch wenn ihr mit euren Kochkünsten später vielleicht nicht unbedingt reich und berühmt werdet, seid ihr später einmal selbstständig und könnt euch zu Hause nützlich machen. Und ihr könnt für kommende Generationen den Anstoß geben, sodass es vielleicht irgendwann völlig normal ist, dass ein Mann kochen kann.

Achtsamkeit

Etwas, das ihr auf jeden Fall immer im Hinterkopf haben solltet, wenn ihr esst, ist das sensationelle Konzept der Achtsamkeit. Und das ist genau, wonach es sich anhört: Seid achtsam, also aufmerksam, und konzentriert euch genau auf das, was ihr gerade tut. Dieses Konzept stammt aus der Tausende von Jahren alten östlichen Philosophie und ist die Grundlage für viele Meditations- und Yogaübungen, kann aber auch auf euer Essverhalten angewendet werden.

In vielen Kulturen und religiösen Traditionen beten die Menschen vor oder nach dem Essen, und auch wenn man nicht in jeder Familie gerne betet, ist der Gedanke dahinter doch ziemlich raffiniert, weil man dadurch eine Art von Achtsamkeit entwickelt. Essen ist etwas, das viele Menschen auf der Welt für selbstverständlich halten. Traurigerweisc hat nicht jeder den Zugang zu der Menge und der Auswahl an Lebensmitteln, die wir haben. Wenn ihr das nächste Mal etwas esst, denkt doch einen kurzen Moment daran, wie dankbar ihr dafür sein könnt, etwas essen zu können. Und wenn ihr dann noch einen Schritt weitergehen wollt, macht euch bewusst, dass das, was ihr da gerade esst, hoffentlich euren Körper stärken und euer Leben bereichern wird. Am Anfang kommt man sich dabei vielleicht etwas blöd vor, achtsam mit seinem Essen umzugehen, aber eigentlich ist das eine ziemlich tolle Sache.

Warum also ist Achtsamkeit beim Essen so wichtig? Sie hilft uns dabei, uns weniger zu hetzen und uns etwas zu entspannen. Wie oft schaufelt man sich sein Essen einfach so rein?! Ich mache das leider ziemlich oft! Doch wenn wir zu schnell essen, kann es passieren, dass wir zu viel essen und dass wir deswegen Magenschmerzen bekommen. Unser Körper kommt dann mit der Verdauung einfach nicht mehr hinterher, weil wir ihm nicht die nötige Zeit gegeben haben.

Achtsam zu sein hilft auch dabei, sich daran zu erinnern, dass das Essen von Lebensmitteln etwas ist, an dem wir uns beteiligen und das uns nicht einfach passiert. Wenn ihr versucht, einen kurzen Ruhemoment in eure Essensrituale einzubauen, kann euch das dabei helfen, Lebensmittel als etwas zu sehen, das euch am Laufen hält, und nicht als etwas, das man irgendwie für selbstverständlich halten sollte.

Die Botschaft an euer Gehirn senden

Wusstest du, dass es ungefähr zwanzig Minuten dauert, bis dein Gehirn die Nachricht erhält, dass du genug gegessen hast und satt bist? Wenn wir etwas essen, gelangen die Lebensmittel zunächst in unseren Magen, der dann ein Signal an den Teil unseres Gehirns schickt, der sich Hypothalamus nennt und der für viele Dinge verantwortlich ist. Zum Beispiel eben dafür, zu erkennen, wann wir satt sind. Wenn wir in der Zeit einfach weiteressen, die der Magen braucht, um die Botschaft an den Hypothalamus zu schicken, überfressen wir uns. Um das zu vermeiden, sollten wir einfach langsamer essen.

Bewegung

Bewegt euch mehr! Wahrscheinlich hört ihr das jeden Tag in der Schule oder sogar zu Hause.

Geht spazieren!
Macht Sport!
Geht laufen!

Hört auf, ständig auf den Computer oder auf den Fernseher zu starren – geht aus dem Haus und bewegt euch ein bisschen!

Okay, vielleicht würden mir das auch nur meine Eltern an den Kopf werfen, aber ich bin mir sicher, ihr wisst, wovon ich rede. Es gibt etliche Programme, die uns dazu bringen sollen, uns mehr zu bewegen, und ständig erinnert uns irgendeine Werbung daran, dass wir nicht fit genug sind.

Ich werde nicht lügen: Sie alle haben recht. Sport und Bewegung ist etwas, das wir jeden Tag umsetzen sollten. Für die längste Zeit der Menschheitsgeschichte gab es weder Autos, Taxis, Busse oder Züge. Denkt mal darüber nach: Wenn die Menschen irgendwohin wollten, mussten sie laufen. Und auch in der Zeit, in der die Menschen angefangen haben, Dörfer und Städte zu errichten, hatte nicht jeder ein Fahrzeug. Heutzutage wohnen die meisten von uns an Orten, an denen es gar nicht mehr möglich ist, sich besonders viel zu bewegen. Klar kann man mal um den Block laufen oder die Nachbarschaft erkunden, doch da, wo ich wohne, muss ich immer mit dem Auto fahren, wenn ich einkaufen gehen, die Schule besuchen oder mich mit meinen Freunden treffen will.

Es gibt Orte auf der Welt, wo es völlig normal ist, zu laufen, um von A nach B zu kommen. Und wisst ihr, was diese Orte alle gemeinsam haben? Die Leute, die dort leben, sind in der Regel gesünder. Tatsache ist nämlich, dass Laufen Endorphine in unserem Gehirn freisetzt, wodurch man weniger gestresst ist und sich insgesamt entspannter fühlt. Leute, die an Orten leben, an denen man viel läuft, sind einfach gut in Form, und damit meine ich nicht, dass sie besonders dünn sind, weil sie so viele Kalorien verbrennen. Sie sind innerlich gesünder: Sie werden seltener krank, sie fühlen sich insgesamt besser und leiden nicht so oft unter gesundheitlichen Problemen.

Wir müssen also dafür sorgen, dass wir uns mehr bewegen, und das kann auch richtig Spaß machen! Wenn man zum Beispiel einem Teamsport nachgeht, kann man dabei sogar neue Freundschaften schließen. Im Sport herrscht eine Gemeinschaftskultur, die dazu ermutigt, sich zu beteiligen, und einen davon ablenkt, wie hart man eigentlich gerade trainiert. Sportliche Betätigung macht es außerdem unwahrscheinlicher, dass man seinem Körper mit Dingen wie Drogen oder Alkohol schadet, weil sie die Leistungsfähigkeit verringern.

Und was ist, wenn ihr euch überhaupt nicht für Sport interessiert? Na, das ist auch okay. Nicht jeder kann damit etwas anfangen. Dennoch ist es sehr wichtig, sich ausreichend zu bewegen. Manche schnappen sich ein Skateboard oder ein Fahrrad, um fit zu bleiben und gleichzeitig von A nach B zu kommen. Wenn man dafür kein Geld hat, ist zum Beispiel Joggen eine gute Möglichkeit, sich zu bewegen.

Laufen kostet nichts und man benötigt keine Hilfsmittel dafür. Das Einzige, was ihr dazu braucht, seid ihr selbst und ein Paar Schuhe, in denen sich eure Füße wohlfühlen. Setzt Kopfhörer auf und lauft für fünfzehn Minuten um den Block, wenn ihr wollt. Beim Laufen könnt ihr gar nicht viel falsch machen. Ich gehe manchmal in der Stadt joggen. Wenn ihr das auch tun wollt, denkt daran, dass euch dabei immer mal wieder eine Ampel in die Quere kommt, ein Hund an euch schnuppern will oder jemand vor euch sehr langsam läuft, sodass ihr aus eurem Rhythmus kommt. Meistens macht es mir aber richtig Spaß, beim Laufen neue Sachen zu entdecken, solange mir keine großen, sabbernden Hunde zu sehr auf die Pelle rücken.

Ich suche mir aber auch gerne Orte, an denen man auch mal ohne Autos, Hunde oder zu viele Menschen joggen gehen kann. Es gibt bestimmt auch Plätze in eurer Stadt oder in eurem Ort, die ihr noch nicht kennt. Geht doch einfach mal online und findet heraus, was es in eurer Umgebung so für Möglichkeiten gibt. Dabei sucht ihr am besten nach Parks oder Wanderwegen. Ihr werdet euch ein wenig anstrengen müssen, doch es wird sich für euren Körper und eure Gesundheit auf jeden Fall lohnen. Auf geht's!

Hier noch ein Lauftipp: Wenn ihr euch nicht bloß auf Musik oder einen Podcast konzentrieren möchtet, könnt ihr auch gemeinsam mit einem Freund oder einer Freundin laufen gehen. Mit einem Freund zusammen laufe ich normalerweise eine zwei- bis dreimal längere Strecke als allein. Wir lachen und reden total viel und motivieren uns gegenseitig. Wir setzen uns Ziele und belohnen uns hinterher mit einer Kleinigkeit. Zum Beispiel sagen wir

»Wenn wir fünfmal laufen waren, gehen wir zusammen ins Kino.« Das macht Spaß und gibt uns etwas, auf das wir hinarbeiten können.

Sport für die Gesundheit

Sport zu treiben ist eine tolle Möglichkeit, seinen Körper fit zu halten und eine gesunde Beziehung zu seinem Körper aufzubauen. Wieso, fragt ihr?

- Ein offensichtlicher Nebeneffekt von sportlicher Betätigung ist, dass man sich, ob man will oder nicht, dabei in Form bringt. Der Körper wird trainiert, egal ob man Bahnen läuft, schwimmt oder ob man einem Teamsport wie Volleyball, Softball oder Basketball nachgeht. Er kann auch viel besser Kalorien verbrennen, wenn man viele Muskeln und wenig Fett besitzt. Man muss sich also auch weniger Gedanken darüber machen, wie viele Kalorien man beim Essen zu sich nimmt.
- Sport zu treiben hilft auch dabei, seinen eigenen Körper auf gesunde Weise besser kennenzulernen. Um stark und schnell zu sein, muss man wissen, welche Lebensmittel den Körper dabei am besten unterstützen. Man nimmt auch besser wahr, wozu der eigene Körper alles in der Lage ist, und der kann wirklich Erstaunliches leisten.

Körper- und Selbstwertgefühl

Was man alles erlebt, während man sich von einem Kind zu einem Erwachsenen entwickelt, kann manchmal ziemlich einschüchternd und beängstigend sein. Die Veränderungen, die durch die Pubertät ausgelöst werden, und die Tatsache, dass der Körper auf Nahrung plötzlich anders reagiert als vorher, kann einen auch mal überfordern. Und wenn man mitbekommt, wie der Körper versucht, die neue Form und die Fettpolster, die er ansetzt – und die völlig normal sind! –, miteinander in Einklang zu bringen, hat man häufig das Gefühl, dass man den eigenen Körper *überhaupt* nicht mehr versteht. Wir leben so viele Jahre in ihm, nehmen ihn oft gar nicht richtig wahr, und dann – *Zack!* – verändert er sich ganz plötzlich. Er hat andere Bedürfnisse als vorher, und die Klamotten passen nicht mehr richtig. Das kann verdammt gruselig sein! Deine Freunde – aber auch andere Jungs und Mädchen – fangen an, die Veränderungen deines Körpers zu kommentieren, wenn sie meinen, diese würden zu schnell oder zu langsam stattfinden (wie bei mir!). Diese ganze Aufmerksamkeit ist einfach nur unangenehm.

Eigentlich gibt es so viele Körperformen und -größen, aber wenn man sich so umsieht, wird in den Medien meistens nur eine Körperform dargestellt: superdünn und muskulös. Diese Bilder im Fernsehen, in Filmen, in Zeitschriften und auf Reklametafeln zu sehen kann einen ziemlich durcheinanderbringen. Einige Frauen und

Mädchen sind tatsächlich von Natur aus sehr dünn und haben nur wenige Kurven, aber viele haben einen Körper, der einfach anders gebaut ist. Für sie wäre es tatsächlich ungesund, so auszusehen. Wusstet ihr, dass die durchschnittliche Klamottengröße in Deutschland eine 42 ist? Die durchschnittliche Klamottengröße bei Models ist eine 34!

Und natürlich gibt es auch Männer, die von Natur aus keinerlei Fettpolster haben und supermuskulös sind, aber viele Körper benötigen eine ganze Menge Kraft- und Cardiotraining, um Muskeln aufzubauen und so definiert auszusehen wie die Kerle in all diesen Parfüm- und Unterwäschewerbungen.

Wusstet ihr, dass fast jedes Foto, auf dem ein Model zu sehen ist, mit Photoshop bearbeitet wurde? Das bedeutet, dass Computerbearbeitungen schuld daran sind, dass wir Dinge an unseren Körpern als unperfekt wahrnehmen, die eigentlich ganz normal sind: Sei es die kleine Rundung am Bauch oder die Hautfalte, die sich unter dem BH-Träger bildet.

Models sehen überhaupt nicht so aus wie auf den Fotos, die man von ihnen zu Gesicht bekommt.

Was macht es mit uns, wenn wir Bilder sehen, die so weit entfernt von der Realität sind? Aus meiner persönlichen Erfahrung kann ich sagen, dass ich dadurch immer das Gefühl hatte, dass mit mir etwas nicht in Ordnung sei. Wenn ich immer wieder diese perfekten Körper sehe, speichert mein Gehirn diese Information ab und sagt mir Dinge wie: »Hmm … Wenn alle außer mir so aussehen, dann kann mit mir etwas nicht stimmen.«

Fast jeder Mensch möchte dazugehören. Es gibt bestimmt auch Ausnahmen, aber die meisten von uns wollen wenigstens ein bisschen so sein wie alle anderen. Niemand will ausgegrenzt werden, und wenn wir das Gefühl haben, dass wir ausgegrenzt werden, fühlen wir uns schlecht.

Und was passiert, wenn wir uns schlecht fühlen? Wir wollen dieses Gefühl natürlich wieder loswerden. Am besten umgibt man sich dann mit Dingen, die einen darin bestärken, wie man ist, damit man sich in der eigenen Haut wieder wohlfühlt. Dabei ist es superwichtig, sich mit positiven Vorbildern in den Medien zu umgeben und sich eine Person zu suchen, zu der man aufsehen kann, weil sie einen dabei unterstützt, dass man sich selbst so liebt, wie man ist. Genauso wichtig ist es aber auch, Freunde zu haben, mit denen man über seine Gefühle sprechen kann.

Trotzdem versuchen viele – ich eingeschlossen – immer wieder, Wege zu finden, genauso auszusehen wie die Leute, die wir auf Bildern sehen. Manche Teenager machen schon Diäten und viele schämen sich für ihren Körper, obwohl sie ihn feiern und sich darüber freuen sollten, dass er es ihnen ermöglicht, herumzurennen, zu spielen, zu lernen und zu wachsen.

Das Bedürfnis, den eigenen Körper und das eigene Aussehen zu verbessern, kann gut für uns sein. Wenn man gesundheitliche Probleme hat oder man mit einem Arzt darüber gesprochen hat, dass der eigene Körper eine Veränderung braucht, ist es ein guter Anfang, zu lernen, welche Essensmengen gut für einen sind. Auch zu wissen, dass Training dabei helfen kann, Kalorien zu verbrennen, und zu lernen, achtsam mit Lebensmitteln umzugehen, ist eine tolle Sache. Allerdings sollte einem auch klar sein, dass Diäten sehr ungesund sein und dazu führen können, dass man unglücklich mit sich selbst wird.

Zu glauben, man müsste an Gewicht verlieren, und immer zu denken, man wäre fett, obwohl man ein gesundes Körpergewicht hat, kann zu einer Essstörung wie Magersucht, Bulimie oder auch Esssucht führen.

Bei einer Magersucht glaubt man, abnehmen zu müssen, und hat das Gefühl, fett zu sein, obwohl man ein gesundes Körpergewicht hat. Anorexie ist nicht einfach eine Diät, sondern eine Veränderung im Gehirn, die immer schlimmer wird, je weniger man isst. Der Teil des Gehirns, der für Entscheidungsfindung verantwortlich ist, wird durcheinandergebracht. Wenn Menschen hungern und zu wenig Kalorien zu sich nehmen, funktionieren ihr Körper und ihr Gehirn nicht mehr einwandfrei. Magersüchtige lassen häufig Mahlzeiten aus, essen kaum etwas oder nehmen nur noch kalorienarme Nahrung zu sich. Manchmal nehmen Magersüchtige auch Abführmittel oder Diätpillen, damit sie mehr und mehr an Gewicht verlieren, was zu Verdauungsproblemen, einem Ungleichgewicht der Elektrolyte, Organversagen und sogar einer Schädigung des Herzens führen kann.

Wisst ihr noch, wie ich darüber gesprochen habe, dass der Körper eine ausgewogene Ernährung mit Kohlenhydraten, Proteinen und Fetten benötigt? Menschen mit Magersucht haben keine ausgewogene Ernährung. Aus diesem Grund werden sie oft krank, ihnen können sogar die Haare ausfallen, ihnen ist ständig kalt und ihr Herz schlägt nicht mehr richtig, weil der Körper nicht genug Kraft hat, um es richtig anzutreiben. Es ist also eine ziemlich schlechte Idee, zu hungern, um einen gesunden Körper zu haben. Falls ihr oder jemand, den ihr kennt, sich weigert, etwas zu essen, oder weniger isst, um abzunehmen, holt euch bitte Hilfe.

Bulimie ist eine Essstörung, bei der man das Essen absichtlich erbricht, was sehr gefährlich und schädigend für den Körper ist. Manche Betroffene essen zusätzlich tage- oder wochenlang gar nichts (wie bei der Magersucht), haben dann aber eine Fressattacke. Sie essen mit einem Mal eine enorme Menge, auch wenn sie gar keinen Hunger haben, und versuchen vor anderen zu verbergen, dass sie gegessen haben. Hinterher fühlen sie sich extrem schuldig und erbrechen in der Regel alles wieder. Und so geht es immer weiter.

Wenn man nach regelmäßigen Fressattacken ein sehr schlechtes Gewissen hat, sich aber nicht erbricht, nennt man das eine Esssucht.

Zusätzlich zu der Gefahr, dass der Körper nicht mehr genügend Kraft hat, um zu funktionieren, kann bei einer Bulimie die austretende Magensäure auch Wunden im Hals und im Mund verursachen und eure Zähne kaputt machen. Fressattacken und Erbrechen sind Anzeichen dafür, dass wir eine ungesunde Beziehung zu unserem Körper haben, und ist nicht der Schlüssel zu Schönheit und Glück. Bitte holt euch Hilfe, wenn ihr oder jemand, den ihr kennt, davon betroffen ist.

Es gibt auch die sogenannte Sport-Bulimie. So nennt man es, wenn jemand eine riesige Menge isst und dann bis zu einem gefährlichen Level trainiert. Die Betroffenen versuchen beispielsweise, mehrere Stunden am Tag zu trainieren, um die aufgenommenen Kalorien wieder abzubauen. Das kann zu brüchigen Knochen führen und einen anfällig für Verletzungen machen. Training ist etwas Tolles für den Körper, sowohl innerhalb als auch außerhalb, aber Kalorien zu zählen, nur um sie wieder zu verbrennen, ist gefährlich. Auch sich schuldig zu fühlen, weil man nicht alle Kalorien, die man gegessen hat, auch wieder verbrannt hat, ist alles andere als gesund. Holt euch bitte Hilfe, wenn ihr oder jemand, den ihr kennt, das tut.

Wenn ihr nach Hilfe im Umgang mit Magersucht oder Bulimie suchen solltet, entweder für euch selbst oder jemand anderen, findet ihr hier ein paar Stellen, an die ihr euch wenden könnt:

- Geh auf die Website zum Thema Essstörungen der Bundeszentrale für gesundheitliche Aufklärung, www.bzga-essstoerungen.de, und klicke dort auf »Hilfe finden«.
- Besuche die Website des Bundesfachverbands Essstörungen und klicke auf Service/Freie Therapieplätze.

Körperbild

Wusstet ihr, dass es kulturell und historisch bedingt ganz unterschiedliche Vorstellungen von einem schönen Körper gibt? Vor etwa dreißigtausend Jahren galt diese Lady hier als heißer Feger:

Mit freundlicher Genehmigung des Naturhistorischen Museums, Wien

Im europäischen Mittelalter galten Frauen wie die, die man hier auf einem Gemälde von Peter Paul Rubens sieht, als sexy. In vielen Kulturen werden kräftige Körper als ästhetisch betrachtet, auch wenn sie nicht dünn sind. Die beiden Tennis spielenden Schwestern Venus und Serena Williams haben dazu beigetragen, das heutige Schönheitsbild in den USA neu zu definieren. Sie sind alles andere als mager, aber sie sind starke und einfach ganz großartige Frauen.

Einige Werbekampagnen haben angefangen, fülligere Frauen zu zeigen, um deutlich zu machen, dass alle Körpergrößen in den Medien vertreten werden sollten und dass unterschiedlichste Körperformen schön sein können. Es gibt mittlerweile sogar füllige Laufstegmodels, die Mädchen und Frauen aller Altersstufen dazu inspirieren, sich selbst als wertvoll zu betrachten. Jeder Mensch verdient positive Aufmerksamkeit, egal welche Kleidergröße er oder sie trägt.

Mittlerweile gibt es Geschäfte, die sich auf Kleidung für Frauen spezialisiert haben, die nicht in die »Skinny«-Form passen. Das ist die Art von Veränderung, die wir brauchen, damit wir lernen, sämtliche Körper wertzuschätzen und nicht nur die, die wir bei sogenannten Size-Zero-Models sehen.

Auf den Punkt

Weil sich die Medien so sehr den Themen Abnehmen und »perfektes Aussehen« widmen, kann es sich manchmal so anfühlen, als wäre Essen unser Feind. Essen sollte aber dem Genuss und der Nährstoffaufnahme dienen. Training sollte unsere Stimmung verbessern und unseren Geist in eine schöne Form bringen, nicht nur unsere Muskeln. Ich hoffe, ich konnte euch zu einer Abenteuerreise zu einem gesunden Inneren und Äußeren inspirieren, in die ihr euch mit viel Freude stürzen werdet. Es ist so wichtig, den eigenen Körper richtig zu versorgen, damit er so gut wie möglich wachsen kann. Die Entscheidungen darüber, wie wir essen, fördert nicht nur unsere Gesundheit, sondern – was viel wichtiger ist – kann uns helfen, ein besseres Verständnis für unsere Körper zu bekommen. Dazu zählen auch Achtsamkeit und das Leben mit einer guten Portion Bewegung zu bereichern. Veränderungen eurer Essgewohnheit und eures Lebensstils müssen nicht über Nacht passieren. Die ersten Schritte auf dem Weg zu einem gesunden Körper und einem gesunden Geist sind das Bewusstsein darüber, was man tut, das Verständnis dafür, dass Veränderungen Zeit brauchen, und der Wille, offen gegenüber gesunden Entscheidungen zu sein, sich aber auch verzeiht, wenn man nicht jederzeit perfekt danach handeln kann.

3 Wie wir lernen

Das Schöne am Erwachsenwerden ist, dass wir die ganze Zeit über lernen. Jetzt denkt ihr euch wahrscheinlich, dass es euch überhaupt nicht so vorkommt, als würdet ihr die ganze Zeit über lernen … Und dass Lernen ganz sicher keine tolle Sache ist, wenn es denn so wäre! Tja, wisst ihr was? Das Gehirn ist so gemacht, dass wir lernen, auch wenn wir nicht wissen, dass wir es tun. Mutter Natur hat das ziemlich raffiniert eingefädelt. Sie sorgt dafür, dass wir das Zeug dazu haben, stark, schlau und spektakulär zu werden, ob wir nun bewusst daran arbeiten oder nicht.

Wann immer wir etwas erleben, speichert unser Gehirn das ab, ob wir es bewusst wahrnehmen oder nicht. Da gibt es eine Region in unserem Gehirn namens Hippocampus, die aussieht wie ein Seepferdchen (hippos ist griechisch für »Pferd« und kampos ist griechisch für »Seeungeheuer«!) und die für das Erinnerungsvermögen und das Lernen zuständig ist. Der Hippocampus besteht aus mehreren Schichten spezialisierter Zellen, die sich alle zu einer Art Strudel bündeln, was die Kommunikation zwischen ihnen sehr schnell und effizient macht. Wenn wir etwas erleben, feuern die Zellen auf eine bestimmte Weise Signale ab, um in dieser Region des Gehirns einen Abdruck zu hinterlassen. Wenn wir die Information dann später noch einmal benötigen, helfen uns die Zellen dabei, uns wieder an sie zu erinnern.

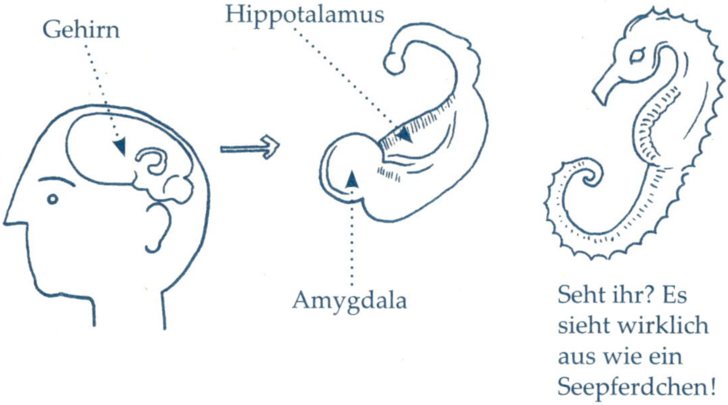

Nun werden aber nicht alle Erfahrungen vom Gehirn gleich behandelt. Bei Erinnerungen mit einem emotionalen Gehalt kann man Details viel einfacher und stärker wieder aufrufen: Ich kann mich zum Beispiel auch heute noch an alles erinnern, was mein allererster fester Freund Josh Netburn je zu mir gesagt hat, und sogar daran, was ich an dem Tag anhatte, als wir in der vierten Klasse in der Hebräisch-Schule im Flur zusammen vor unserem Klassenzimmer gestanden haben und er mit mir Schluss gemacht hat. Auch Erinnerungen, die mit Musik oder einem bestimmten Geruch verbunden sind, kann man normalerweise viel leichter abrufen. Dadurch, dass sie von zusätzlichen Informationen umgeben sind, werden diese Erinnerungen zum einen verstärkt, zum anderen wird die Chance erhöht, dass man sie später wieder aufrufen kann.

In diesem Kapitel geht es darum, auf welche Art und Weise wir Dinge lernen und was Lernen für unser Gehirn und unseren Körper bedeutet. Ich werde über die Art des Lernens sprechen, wie wir es in der Schule tun, und darüber, warum es wichtig ist, zur Schule zu gehen, abgesehen davon, dass eure Eltern sagen, dass ihr hingehen müsst. Ich werde über körperliche und geistige Lernprozesse reden, die ablaufen, während wir Sport treiben, und darüber, welche Form des Lernens sich abspielt, wenn wir Fernsehen schauen oder uns einen Film ansehen, und ich werde aufzeigen, was wir durch Hobbys über uns selbst lernen können.

Aus Büchern lernen: Schule

Manche von uns lieben die Schule, andere würden überall lieber sein als dort! Manchen macht es nichts aus hinzugehen, weil man dort seine Freunde trifft, aber der Teil mit dem Unterricht und den Hausaufgaben macht ihnen nicht so viel Spaß. Das verstehe ich total. Doch dass wir überhaupt die Möglichkeit haben, in der Schule etwas zu lernen, ist eigentlich etwas sehr Besonderes, das nicht jeder auf der Welt erleben kann, besonders als Mädchen.

Das Privileg, zur Schule gehen zu dürfen

Stellt euch einmal vor, ihr könntet weder lesen noch schreiben. Für Millionen von Mädchen auf der ganzen Welt ist das die Realität. Es gibt Länder, in denen Mädchen nicht zur Schule gehen dürfen, weil sie in einer Gesellschaft leben, in der die meisten glauben, dass Frauen nicht gebildet sein müssen. In manchen Kulturen denkt man tatsächlich, dass Frauen nicht mehr heiraten oder keine Sachen mehr für die Familie erledigen würden, wenn sie zu schlau werden. Ein mutiges und entschlossenes Mädchen namens Malala Yousafzai wurde dabei verletzt, als eine Gruppe Terroristen absichtlich den Bus angegriffen hat, in dem sie saß, weil diese nicht mit ihrem Engagement einverstanden waren. Damals war sie fünfzehn Jahre alt. Seitdem sie sich wieder von ihren Verletzungen erholt hat, hat Malala ihr Leben dem Einsatz für das Recht aller Mädchen verschrieben, zur Schule gehen zu dürfen. Bildung gibt Mädchen die Möglichkeit, arbeiten zu gehen, sich selbst zu versorgen und nicht von einer Heirat abhängig zu sein. In der Schule erlenen sie Fähigkeiten, mit denen sie die Welt verändern können! Leider leben wir in einer Welt, in der nicht alle Mädchen und Frauen gleichermaßen dazu beitragen können. Junge Frauen wie Malala sind dabei, das zu ändern, und wenn wir uns weiterhin dafür einsetzen, wird die Welt eines Tages ein Ort sein, an dem jeder Mensch das gleiche Recht auf Bildung hat. (Für mehr Informationen zu diesem Thema könnt ihr euch den UNESCO-Weltbildungsbericht auf unesco.de ansehen.)

Warum gehen wir zur Schule? Die meisten Leute glauben, dass wir hingehen, weil wir es müssen, und ich denke, dass sie recht haben. Wir müssen hingehen, weil wir dort die Dinge lernen, die wir brauchen, um nach der Schule klarzukommen. Es mag euch nicht immer so vorkommen, aber die Schule bereitet uns auf das Leben vor. Egal welchen Beruf ihr später ergreift, ihr müsst dafür eine Grundausbildung in Lesen und Textverständnis durchlaufen, ihr müsst sowohl schriftlich als auch mündlich kommunizieren können. Ein mathematisches Grundverständnis ist auch superwichtig, um als Erwachsener alles Finanzielle organisiert zu bekommen. Um das Leben im Griff zu haben, sollte man verstehen, wie man mit Geld umgeht und die richtigen Entscheidungen dabei trifft. Das sind alles Dinge, die wir in der Schule lernen.

Auch wenn wir eigentlich die ganze Zeit über lernen, müssen sich manche von uns ziemlich anstrengen, um das Positive daran zu erkennen.

Nehmt mich zum Beispiel: Bei mir war die Liebe zu Mathe und den Naturwissenschaften nicht von Anfang an vorhanden, und sie hat sich auch bis zur neunten Klasse nicht gezeigt. Ich habe mir nie viel Zeit für die Mathe- und Naturwissenschaftshausaufgaben genommen, weil ich es immer so schnell wie möglich hinter mir haben wollte. Ich kann mich sogar daran erinnern, dass ich viele Abende lang brütend über Brüchen und Textaufgaben geweint habe. Ich dachte, ich wäre dumm, weil ich es einfach nicht verstanden habe, egal wie sehr ich es auch versucht habe. Ich habe geglaubt, dass, wenn ich kein »Naturtalent« in einem Schulfach bin, das bedeuten würde, dass es einfach »nicht mein Ding« wäre.

Als ich dann in der Oberstufe war, geschah ein Wunder, das mein Leben für immer verändert hat: Ich verliebte mich in die Biologie. Zu dieser Zeit habe ich bereits bei der Fernsehserie *Blossom* mitgespielt und als Kinderschauspielerin wurde ich am Set von Privatlehrern unterrichtet. Meine Biologielehrerin studierte, um später Zahnärztin zu werden, und unterrichtete nebenbei, um sich etwas dazuzuverdienen. Ich habe nie wieder jemanden getroffen, der von der Welt der Naturwissenschaften und der Mathematik so begeistert war wie Firoozeh. Ich wollte auch so eine Leidenschaft entwickeln. Um Naturwissenschaftlerin zu werden, hatte ich einiges nachzuholen, aber meine harte Arbeit hat sich ausgezahlt und ich bin für die Inspiration, die Firoozeh mir damals gegeben hat, unendlich dankbar.

Es ist nicht immer leicht, für die Schule zu lernen, aber man hat immer die Möglichkeit, sich einer Herausforderung zu stellen und auf alles hinzuarbeiten, was man erreichen möchte. Herauszufinden, was für einen selbst die beste Art zu lernen ist, ist der Schlüssel zu eurer Zukunft. Wenn ihr Probleme beim Lernen habt, wendet euch an einen Lehrer, den ihr mögt, auch wenn er nicht für das Fach zuständig ist, mit dem ihr Probleme habt. Vielleicht kann er euch dabei helfen, herauszufinden, welche Methoden euch am meisten liegen, um euch das anzueignen, was euch so zu schaffen macht. Es ist die Mühe wert – ich bin der lebende Beweis dafür.

Hier ein paar Tipps, wie man erfolgreich lernt, die ich über meine Schulzeit zusammengestellt habe:

1. **Keinen Unterricht schwänzen.** Eigentlich sollte es gar nicht nötig sein, es überhaupt zu erwähnen, aber ich sage es noch mal: KEINEN Unterricht schwänzen! Die eine oder andere Schulstunde habt ihr bestimmt auch schon mal sausen lassen, aber die Sache ist die: Am besten lernt man immer dort, wo das Lernen stattfindet. Wenn man es sich einmal angewöhnt hat, unentschuldigt zu fehlen, oder keinen Sinn mehr darin sieht, den Hintern in den Unterricht zu bewegen, fällt man im Stoff immer weiter zurück und ist ständig nur noch damit beschäftigt, alles nachzuholen. Kontinuität ist für das Gehirn der Schlüssel, um das meiste aus unserem Lernumfeld herauszuholen. Behandelt den Unterricht so, als würdet ihr dafür bezahlt werden hinzugehen, als wäre es euer Job. Und wenn man mal genau darüber nachdenkt, dann wird der Job, den ihr eines Tages haben werdet, tatsächlich eure Rechnungen bezahlen und euch das Haus und das Auto bezahlen, von dem ihr heute schon genau wisst, dass ihr es haben wollt. Geht also in den Unter-

richt, als würde euer Leben davon abhängen – irgendwie tut es das nämlich auch …

2. **Führt ein Hausaufgabenheft.** Organisiert zu sein und immer mit den Schulaufgaben hinterherzukommen macht das Lernen einfacher. Holt euch ein kleines Notizbuch und verschönert es mit Stickern oder Zeichnungen – mit irgendetwas, das es zu eurem persönlichen Notizbuch macht. Macht jeden Tag, wenn ihr in der Schule seid und Aufgaben verteilt werden, eine Liste, schreibt auf, wann genau ihr diese abgeben müsst. Auch wenn euer Lehrer euch einen Ausdruck gibt oder euch auf einen Online-Lehrplan verweist, notiert es euch trotzdem handschriftlich. Dinge aufzuschreiben regt euer Gehirn dazu an, darüber nachzudenken und sich auf eine neue Weise daran zu erinnern. Eine nerdige Wahrheit über mich: Während der gesamten Zeit von der sechsten Klasse bis zum Abschluss habe ich in meinem Notizbuch alle Schulfächer nach Farben sortiert. Das ist vielleicht nichts für euch, aber alles, was ihr tun könnt, um in eurem Notizbuch deutlich sichtbar zu machen, »was wann fällig ist«, wird euch enorm dabei helfen, die Aufgaben rechtzeitig zu erledigen.

3. **Nichts vor euch herschieben.** Hin und wieder gibt es Gründe, warum man seine Hausaufgaben nicht sofort nach der Schule erledigen kann. Manche Köpfe brauchen nach einem langen Tag in der Schule erst

einmal eine Pause, bevor sie sich mit den Hausaufgaben beschäftigen können. Nichtsdestotrotz lernt man am besten, indem man die Dinge, die der Lehrer einem erklärt hat, so schnell wie möglich noch einmal wiederholt. Die Hausaufgaben zu erledigen, kurz nachdem das Thema im Unterricht erklärt wurde, bedeutet, dass euer Gehirn die zu diesem Zeitpunkt noch verfügbaren Informationen auf die verlässlichste Weise abspeichert.

4. **Lernen, zu Ablenkungen Nein zu sagen.** Es wird eine Menge Ablenkungen geben, die versuchen werden, sich zwischen euch und eure Hausaufgaben zu stellen. Jede davon raubt eurem Gehirn etwas von seiner Energie. Unser Gehirn braucht klare Anweisungen, wenn es etwas lernen soll. Textnachrichten, in denen ihr gefragt werdet, ob ihr chillen wollt, statt Hausaufgaben zu machen, oder auch nur das *Pling* einer Benachrichtigung hindern den Hippocampus daran, seinen Job zu machen. Sie sind unklar, sie lenken euch ab. Verhindert Ablenkungen, indem ihr während des Lernens das Telefon und den Fernseher ausschaltet. So schafft ihr es, erfolgreicher zu lernen und mehr erledigt zu bekommen.

5. **Das Gelernte ständig wiederholen.** Und noch mal wiederholen. Eines der wichtigsten Dinge beim Lernen und Erinnern ist die Wiederholung. Je öfter man über etwas nachdenkt oder es sich durchliest, desto

besser wird es in unserem Langzeitgedächtnis abgespeichert. Karteikarten können dabei helfen, man kann sie sich immer wieder und überall ansehen. Auch Listen zu erstellen, um sich Sachen einzuprägen, ist eine tolle Sache, da man durch das handschriftliche Schreiben das motorische System aktiviert und in den Erinnerungsprozess einbezieht. Erinnerungen werden so stärker und leichter abrufbar, sobald ein Test ansteht.

6. **Kreativ werden.** Lesen allein reicht fürs Lernen nicht aus. Man muss dabei auch andere Bereiche des Gehirns und des Körpers aktivieren. Wichtige Begriffe und Fakten immer und immer wieder aufzuschreiben regt das Gehirn auf eine Weise an, durch die der Hippocampus stärker stimuliert wird. Es unterstützt ihn dabei, sich an all die wichtigen Details zu erinnern, die euer Lehrer euch abfragen wird. Ein anderer Trick, um das Lernen effektiver zu machen, ist es, aus den Fakten, die ihr euch einprägen müsst, ein Lied zu komponieren. Ein musikalisches Element einzubauen haut den Hippocampus völlig aus den Socken und führt zu starken Erinnerungen von Dingen wie zum Beispiel der Reihenfolge der Planeten. An sie kann ich mich nur erinnern, weil mein Naturwissenschaftslehrer uns in der achten Klasse die Reihenfolge in einem sehr eingängigen Lied mit einer einfachen Melodie vorgesungen hat. Seid kreativ und euer Hippocampus wird euch dafür belohnen!

Spielerisches Lernen: Sport

Während wir erwachsen werden, lernen wir nicht nur Schulstoff. Wir erlernen auch Fähigkeiten, die unsere Persönlichkeit und unser Leben generell bereichern. Wenn wir einer Sportart nachgehen, bringen wir unserem Körper eine Menge bei, aber wir kombinieren diese körperlichen Fähigkeiten auch mit ein paar dazugehörigen geistigen Fähigkeiten. Das macht unseren Körper und unseren Geist extrem leistungsfähig. Bei einer Sportart lernt man nicht nur, wie man wirft oder fängt oder rennt oder springt, man lernt dabei auch, sich Ziele zu setzen und Erwartungen zu erfüllen. Man lernt, sich seine Zeit einzuteilen, um Fristen einhalten zu können. Man findet Wege, seine athletischen Ergebnisse im Training immer weiter zu verbessern. Man lernt, mit Niederlagen umzugehen, aber auch mit Siegen. Man lernt aufgrund des Umgangs mit anderen Sportlern, verständnisvoll und mitfühlend mit anderen umzugehen. Zusätzlich lernt man, wie man mit anderen zusammenarbeitet, ihre Stärken, Schwächen und Bedürfnisse zu berücksichtigen, was eine der wichtigsten Fähigkeiten überhaupt ist – man benötigt sie ein Leben lang! Wenn ihr also eure Gehirne stärken wollt, fordert es mit Sport heraus und lernt dabei eine Menge, von dem ihr sowohl innerlich als auch äußerlich profitieren werdet!

Die alten Instinkte der ehemaligen Jäger

1: Bewegung

In der Zeit der Jäger und Sammler zogen Frauen ihre Kinder gemeinsam in Gruppen mit anderen Frauen auf, und es war wichtig, dass sie gut miteinander kommunizierten. Die Männer waren in dieser Zeit fast den ganzen Tag unterwegs und mit dem Jagen und dem Schutz des Territoriums beschäftigt. Jungs tragen die Jagd-und-Schutz-Gene heute immer noch in sich – auch wenn wir seit langer Zeit in Städten oder Dörfern leben und uns das Essen im Supermarkt kaufen können. Diese Gene führen dazu, dass vor allem Jungs ein besonders starkes Bedürfnis danach haben, sich zu bewegen und zu lernen, indem sie herumlaufen und die Gegend erkunden. Sport ist in unserer Kultur die beste Möglichkeit, sich auf produktive Weise zu bewegen und Stärke, Ausdauer und Teamwork zu entwickeln.

2: Verarbeitung

Es ist wichtig, zu wissen, dass ihr nicht über eure Gefühle sprechen müsst, wenn ihr das nicht wollt. Manchmal ist es für einen Jungen oder einen Mann am besten, sich zurückzuziehen und an etwas anderes zu denken, um sich besser zu fühlen. Auf diese Weise verarbeitet das männliche Gehirn Gefühle, vor denen es sich zunächst schützen möchte. Es gibt selbstverständlich auch Männer, die gerne alles ausdiskutieren! Trotzdem ist es völlig normal, wenn ihr euch in Momenten, in denen ihr aufgebracht seid, nicht darauf einlassen wollt.

Hier ein Tipp: Wenn ihr wisst, dass ihr über eine Sache nicht reden wollt, es aber von euch erwartet wird, dann sagt dem anderen das einfach auf eine freundliche Weise. »Ich brauche etwas Zeit zum Nachdenken«, kann viel sinnvoller sein als einfach wegzulaufen oder Türen knallen zu lassen.

Wenn es euch besser geht, könnt ihr euch dann aussprechen. Oder wenn ihr lieber einfach nur zuhören möchtet, statt selbst etwas zu sagen, könnt ihr das auch kommunizieren. Ungefähr so: »Ich möchte immer noch nicht darüber reden, aber ich höre dir gerne zu, wenn du mir etwas sagen möchtest.«

Was er dazu sagt ...

»Manche Leute tragen ihr Herz auf der Zunge. Mir hingegen sind meine Gefühle nicht immer sofort zugänglich. Ich bin vielleicht zutiefst verletzt und weiß es nicht einmal. Ich muss allein sein, um meine Gefühle zu verarbeiten, weil mir das die nötige Zeit, den nötigen Raum und die nötige Sicherheit gibt, die ich brauche, um meine Gefühle in Worte zu fassen.«

3: Gewinnen

Die ursprünglichen, von der DNS vorgegebenen Jagd- und Schutzinstinkte führen also dazu, dass vor allem Jungs ständig aktiv sein wollen. Beim Sport kann zusätzlich zu den positiven Auswirkungen auf Körper und Gesundheit das Siegesgefühls kennengelernt werden – und auch das ist wichtig. Schon das Verlangen danach zu gewinnen bringt euch in Berührung mit dieser bedeutenden Seite eurer Persönlichkeit. Auch akademische Erfolge oder Spiele außerhalb des Sports, wie zum Beispiel Computerspiele, können auf positive Weise dieses Gefühl auslösen. Aber Vorsicht, gewinnen kann auch abhängig machen und weniger schöne Eigenschaften fördern!

Kulturelles Lernen: Medien

Als Kind und Jugendliche bin ich total gerne ins Kino gegangen. Das war für mich immer total aufregend, angefangen beim Popcorn und den Snacks bis hin zu der Magie, die man spürt, wenn man in einem dunklen Kinosaal sitzt und vor einem ein Film auf einer gigantischen Leinwand abgespielt wird. Ich war einfach fasziniert. Ich habe es geliebt, mich in der Fantasiewelt eines Films zu verlieren, und ich liebe es noch heute. Das Gleiche gilt auch fürs Fernsehen. Als ich in eurem Alter war, habe ich unter der Woche immer ein paar Stunden ferngesehen – aber erst, nachdem ich meine Hausaufgaben erledigt hatte. Am Wochenende haben mein Bruder und ich immer zusammen Cartoons geguckt, während unsere Eltern ausgeschlafen haben. Ab und zu haben wir auch mal einen Familienfernsehabend gemacht, aber nur, wenn an einem Abend, an dem wir zufällig alle zu Hause waren, ein guter Film lief oder wir uns einen aus der Videothek ausgeliehen haben (so was wie das Netflix in der Nachbarschaft!).

Ich hatte keine Ahnung, dass ich bei diesen Filmen und Serien etwas lernen würde. Ich dachte, ich würde sie mir bloß zum Spaß ansehen und mich dabei von der Schule und der Hausarbeit ablenken. Allerdings funktioniert unser Gehirn so, dass wir unseren Hippocampus nicht nur dazu benutzen, um Fakten und Zahlen zu lernen, sondern auch dazu, emotionale Erinnerungen und Ereignisse zu speichern – auch die, die wir beim

Schauen von Filmen und Serien erleben. Dabei werden sie zu einem Teil unseres Gehirns und bestimmen für den Rest unseres Lebens, wer wir sind.

Wenn ich an meine Kindheit und Jugend denke, kann ich mich besonders gut daran erinnern, dass ich mir im Fernsehen eine Menge nicht ansehen durfte. Meine Eltern waren da sehr streng und oft konnte ich nicht mitreden, wenn sich meine Freunde über Filme oder Serien unterhalten haben, weil meine Eltern über die Sprache, Gewalt oder Nacktaufnahmen darin besorgt waren. Ich war stinksauer deswegen. Ich weiß noch, dass einige Kinder mir das Leben ziemlich schwer gemacht haben, weil ich bestimmte Filme nicht mit ihnen sehen durfte. Das war mir so peinlich!

Heute als Mutter verstehe ich, was für ein schwieriger Balanceakt es ist, Kinder zu haben und zu wissen, wie viel wir beim Schauen von Filmen und Serien über unsere Kultur und die Welt allgemein lernen. Eltern wollen im Blick haben, was ihre Kinder sich anschauen und was sie lernen, und das ist total sinnvoll. Doch als jemand, der selbst einige Serien und Filme nicht sehen durfte, bin ich ganz ehrlich: Es macht einen wirklich fertig, wenn alle anderen einen Film sehen dürfen, den man selbst nicht sehen darf. Ich kann nicht zaubern und eure Eltern dazu bringen, ihre Meinung zu ändern. Das Einzige, was ich euch als Trost sagen kann, ist, dass es in ein paar Jahren völlig egal sein wird – auch wenn es einem gerade sehr wichtig vorkommt. Glaubt mir das!

Ich sage meinen Söhnen so oft, dass es Dinge auf der

Welt gibt, die so heftig sind, dass man sie nicht mehr vergessen kann, wenn man sie einmal gesehen hat. Ihr wisst ja jetzt schon einiges über den Hippocampus und ich bin mir sicher, dass ihr mir da zustimmen würdet. Auch fürs Lernen gibt es einen richtigen und einen falschen Zeitpunkt, und unser Gehirn weiß das auch. Jeder reagiert unterschiedlich auf verschiedene Dinge. Musstet ihr schon einmal bei einer traurigen oder emotionalen Stelle in einem Film oder einer Serie weinen, während der Freund oder die Freundin, mit dem oder der ihr euch den Film angesehen habt, überhaupt keine Reaktion gezeigt hat? Habt ihr schon einmal etwas im Fernsehen oder im Kino gesehen, das euch so aufgewühlt hat, dass ihr Magenschmerzen davon bekommen habt, aber die anderen wussten gar nicht, was ihr meint? Oder wie wäre es damit: Habt ihr schon einmal etwas in den Nachrichten gesehen, das euch total unangenehm war und euch angeekelt hat, aber der Person, die es auch gesehen hat, ging es nicht so? Es ist eben jeder anders.

Warum sind wir so verschieden? Zum Teil liegt das einfach an unseren Genen.

Uns wird nicht nur unsere Augen- und Haarfarbe vererbt und es gibt nicht nur einen genetischen Plan darüber, wie groß wir werden, sondern auch, wie wir emotionale Informationen verarbeiten. Manche Menschen sind total belastbar und nicht so schnell von irgendetwas betroffen, während andere sensibler sind und sich schnell beeinflussen lassen. In keinem Fall läuft irgendetwas falsch. Wir sind einfach nur alle unterschiedlich.

Die Dinge, die wir durch Film und Fernsehen lernen, sind von großer Bedeutung. Eltern haben die Aufgabe, ihre Kinder so gut wie möglich vor Dingen zu beschützen, die sie möglicherweise aufregen, verletzen, oder sie an Ideen heranführen können, für die sie noch nicht bereit sind. Möglicherweise sind das auch die Gründe, aus denen eure Eltern euch bestimmte Filme oder Serien nicht schauen lassen wollen. Sie denken dabei vielleicht daran, wie ihr das letzte Mal auf etwas reagiert habt, das ganz ähnlich war, und glauben, dass ihr noch nicht das nötige Wissen und die nötige Reife habt, um mit bestimmten Themen umgehen zu können.

Sex, Drugs and Rock 'n' Roll

Die Themen, die ich meine, sind – wie ihr euch sicher schon gedacht habt: Sex, Drogen und Gewalt.

Sex ist eine wunderschöne Sache, weil ein Mensch auf diese Weise eine ganz besondere Verbindung mit einem anderen Menschen eingehen kann. Durch Sex entstehen Babys – und das ist großartig! Intimität ist etwas, das einen als liebenden Menschen wundervolle und tief greifende Gefühle empfinden lässt. (In Kapitel vier reden wir noch ausführlich darüber!)

Warum ich dann jetzt auf einmal so die Mom raushängen lasse? Weil alles, was ihr im Fernsehen, in Filmen, ja sogar das, was ihr in Zeitschriften oder auf Werbetafeln seht, dazu beiträgt, was ihr über Sex und das andere Geschlecht denkt. Selbst wenn es etwas ist, mit dem ihr nicht einverstanden seid oder was ihr sogar wirklich schlimm findet, euer Gehirn speichert das alles erst einmal ab.

Ich werde mich in dieser Sache nicht zurückhalten und formuliere es ganz deutlich: Jede Fernsehsendung und jeder Film, in denen gezeigt wird, wie Frauen schlecht behandelt oder missbraucht werden, werden ein Teil eurer Auffassung von Frauen und Männern und ihrer Beziehung zueinander. Ich will damit auf keinen Fall sagen, dass ihr genauso schlecht handeln werdet, wie man es in vielen Sendungen sieht, aber es bedeutet, dass ihr schon sehr jung mit Informationen über Männer und Frauen bombardiert werdet, die nicht unbedingt gesund für euch und für Beziehungen allgemein sind.

Am schwierigsten wird es für euer Gehirn, die Sachen zu verarbeiten, die scheinbar ziemlich harmlos sind, bei euch aber zu einem falschen Bild über Frauen, Männer und Sex führen können. Ich kann schon gar nicht mehr zählen, in wie vielen Filmen, die ich in meiner Jugend gesehen habe, sich über schwule Männer lustig gemacht wurde, in denen sie als dumm und schwach dargestellt wurden. Selbst heute gibt es in den Medien noch immer Witze über Schwule, die beeinflussen, wie sich unsere Meinung über sie bildet. Das Gleiche gilt auch für Witze über Frauen und Mädchen und über alles, was Sex betrifft. Wenn etwas immer und immer wieder auf eine bestimmte Weise dargestellt wird, verinnerlichen wir es auch irgendwann. Eure Eltern wollen warten, bis sich euer Gehirn ausreichend entwickelt hat, bevor ihr euch diese Dinge anseht. Denn je früher ihr euch mit etwas auseinandersetzt, desto eher kann es sein, dass euer Gehirn diese Darstellungen als normal abspeichert, auch wenn sie alles anders als gesund sind.

Viele Filme und Serien zeigen einen Lebensstil, der euch vielleicht total cool vorkommt, der aber ziemlich schlecht und ungesund für euer Gehirn ist, das gerade noch dabei ist, sich zu entwickeln. In den Medien werden sehr häufig Leute gezeigt, die trinken, Drogen nehmen, Stripclubs besuchen und vor allem Frauen gegenüber gewalttätig sind. All das wird dabei oft als »normal« dargestellt, und für manche Menschen ist es das vielleicht auch. Aber das ist es auf keinen Fall für alle von uns, und diese Art von Lebensstil als normal dargestellt zu sehen führt dazu, dass euer Gehirn dieses Verhalten irgendwann als unbedenklich abspeichert.

Die Medien haben sehr viel Macht. Besonders wenn wir als junge Menschen sehen, wie Schauspieler, Musiker oder Sportler, zu denen wir aufsehen, ein unangemessenes Verhalten zeigen, versuchen wir, dieses Verhalten zu rechtfertigen und akzeptieren es dann auch irgendwann.

Sich selbst mit guten Vorbildern und Situationen zu umgeben, von denen man lernen kann, ist eine gute Möglichkeit, diesen Darstellungen von Frauen und Männern und ihren Lebensentscheidungen etwas entgegenzustellen. Es ist wichtig, sich mit Freunden und Situationen auseinanderzusetzen, in denen die Beziehung zwischen Männern und Frauen positiv gestärkt wird, und die euch dazu ermutigen, das Beste aus euch zu machen – auch wenn sich das vielleicht erst einmal albern anhört. Ihr lernt vor allem durch Beispiele und Vorbilder und nicht dadurch, dass man euch sagt, was richtig und was falsch ist. Je öfter ihr also Zeuge eines respektvollen Umgangs, von Güte, Höflichkeit und freundlichen Worten zwischen Mitmenschen seid, desto eher wird ein solches Verhalten auch Teil eurer Weltanschauung und eurer eigenen Erwartung an euch selbst. Solche Vorbilder könnt ihr bei euch zu Hause oder unter euren Freunden oder Verwandten finden. Sicherlich gibt es sie auch im Fernsehen und in Filmen, aber erst wenn man sie im wahren Leben erlebt hat, kann man dabei soziale Normen und Erwartungen eines rundum guten Menschen erlernen.

Wie viel Fernsehzeit ist zu viel?

Wissenschaftler empfehlen, nicht mehr als zwei Stunden am Tag fernzusehen. Jap, zwei Stunden am Tag! Wenn wir mehr Zeit vor einem Bildschirm als mit unserer Außenwelt verbringen, geht das letztendlich auf Kosten unserer körperlichen Aktivitäten, unserer sozialen Beziehungen und unserer Hausaufgaben. Macht doch einmal ein Experiment daraus und schreibt auf, wie viele Stunden ihr am Computer und vor dem Fernseher verbringt. Überlegt euch, wie ihr es schaffen könnt, seltener vor dem Bildschirm zu sitzen, und schaut mal, ob ihr einen Unterschied bemerkt. Ihr könntet überrascht sein!

Was er dazu sagt …

»Computerbildschirme bieten leider einfach unglaublich verlockende Reize: Filme, Videospiele, Social Media und mehr. Nach der Schule bin ich extrem süchtig nach Computerspielen geworden und hatte viele Jahre lang sehr damit zu kämpfen. Videospiele nahmen mir meinen Ehrgeiz, im echten Leben weiterzukommen, indem sie meinen Ehrgeiz in der virtuellen Welt befriedigt haben. Ich habe eine Menge Zeit verloren und viele Chancen vertan. Mit jeder neuen technischen Weiterentwicklung werden wir auf die Probe gestellt, ob wir der Versuchung, auf diesem Weg vor der echten Welt zu flüchten, widerstehen können – und das ist echt nicht einfach.«

Etwas über sich selbst lernen: Hobbys

Auch wenn ich schon immer ein sehr sozialer Mensch war, war ich als Jugendliche trotzdem nicht immer von einer Gruppe von Freunden umgeben. Manchmal habe ich dann zu meinen Eltern gesagt, dass mir langweilig sei, was sie absolut nicht gerne gehört haben! Als ich klein war, habe ich viel Zeit damit verbracht, draußen zu spielen und Fahrrad zu fahren, aber als ich dann älter wurde, hatte mein Fahrrad einfach nicht mehr so eine Wirkung auf mich wie früher.

Ungefähr in der sechsten Klasse habe ich mir ein paar Hobbys zugelegt. Wenn ihr an Hobbys denkt, dann habt ihr bestimmt sofort ein Bild von einer strickenden oder häkelnden älteren Dame in einem Schaukelstuhl im Kopf. Oder einen einsamen Teenager, der alleine vor sich hin puzzelt. Tatsache ist aber, dass man Hobbys zwar auch gut alleine nachgehen kann, man sich aber auch mit einem Freund ein gemeinsames Hobby suchen kann. Man könnte zusammen etwas Neues lernen, etwas basteln oder ein Instrument lernen. Ein Hobby kann auch bedeuten, Brettspiele zu spielen, Comics zu sammeln oder alles über eine bestimmte Epoche der Geschichte zu lernen.

Was meine Hobbys sind? Na ja, ich spiele zum Beispiel seit dem Kindergarten Klavier. Ich komponiere manchmal sogar eigene Lieder, aber meistens lerne ich Stücke, die ich auch so gerne höre, etwa von den Beatles oder von Adele, bei denen man gut mitsingen kann. Als ich zehn Jahre alt war, habe ich in der Grundschule

Trompete spielen gelernt, die ich dann später auch im Orchester und in einer Jazz-Band gespielt habe. Als ich sechzehn war, habe ich Bassgitarre gelernt und während meiner Zeit an der Uni in mehreren Bands gespielt. Ich war dabei aber immer sehr schüchtern, weshalb ich das nicht lange durchgezogen habe.

Musik ist ein wundervolles Hobby und außerdem ein tolles Ventil für Gefühlsausbrüche. Unser Gehirn vollbringt Unglaubliches, wenn wir Musik machen. Man glaubt heute, dass musikalisches Talent sowohl in Zusammenhang mit erweiterten mathematischen Fähigkeiten als auch mit erhöhter Kreativität in anderen Bereichen steht. Es ist niemals zu spät dafür, ein Instrument zu lernen. Das weiß ich, weil ich vor ein paar Jahren für *The Big Bang Theory* Harfespielen gelernt habe!

Ein anderes Hobby von mir ist das Nähen. Meine Mutter konnte schon immer sehr gut nähen – ihre Eltern waren beide Schneider – und sie hat mir ihre Liebe dazu vererbt, indem sie mir beigebracht hat, was es für verschiedene Stiche und Schnittmuster gibt und wie ich Decken und Kissen für meine Puppen nähen kann. Das, was meine Mutter mir beigebracht hat, war unbezahlbar: Sie hat mir auf eine witzige, interessante und inspirierende Weise gezeigt, wie man beim Nähen Mathe, Geometrie und Farbenlehre einsetzt. Es gehört noch heute zu meinen unvergesslichsten Zeiten, die ich als Kind mit meiner Mutter verbracht habe – nicht nur, weil ich dabei Nähen gelernt habe, sondern weil ich es an ihrer Seite gelernt habe. Und auch so funktioniert das Lernen: Dinge von anderen zu lernen ist ein ganz eigener Lernprozess. Man erwirbt Fähigkeiten, aber man lernt auch etwas über den Umgang mit und über die Beziehungen zu anderen.

Auch wenn ich später nicht mehr mit Puppen gespielt habe, ist doch die Liebe zum Nähen und Kreativsein geblieben. Das, was ich gelernt habe, war für mich als Jugendliche eine Quelle der Inspiration, wenn ich für mich oder meine Freunde Ketten oder Armbänder gebastelt habe. Ich habe mich davon inspirieren lassen, was zu der Zeit angesagt war, habe mich in Perlengeschäften in der Nachbarschaft herumgetrieben und die Angestellten dort um Rat gefragt, wie ich die Trends nachahmen könnte. Ich habe mich vom simplen Auffädeln von Perlen zum anspruchsvolleren Perlendraht hochgearbeitet, Spangen und Klammern daran befestigt, um meinen Schmuck aufzuwerten, bis ich mich dann später auch an anspruchsvollere Designs gewagt habe.

Ich habe mich auch in anderen Bastelhobbys versucht. Zum Beispiel im Malen mit Acrylfarben, Häkeln von Topflappen, in Kalligrafie, im Herstellen von Pappmaché und dem Weben von Freundschaftsarmbändern. Meine Söhne und ich haben gerade angefangen zu filzen. Dabei bringt man Wolle mit einer Filznadel in die unglaublichsten und aufwendigsten Formen wie die von Tieren oder sogar Menschen. Und ich arbeite seit Kurzem mit Epoxidharz, um Briefbeschwerer herzustellen, in denen Perlen, Blüten oder Glitzerpartikel schweben!

Hobbys »nutzen« bereits erlernte Fähigkeiten als eine Art Sprungbrett für die Vorstellungskraft und Kreativität. Das Gehirn lebt genauso von den neuen Anreizen wie von dem Einsatz schon vorhandenen Wissens, das einem vielleicht einfach vorkommt, aber mit etwas kreativem Einsatz viel Freude bereiten kann. Und das ist einfach die dankbarste Art, etwas zu lernen.

Meine Sachen

Hier ein paar von den Dingen, die ich bei meinen Hobbys hergestellt habe, als ich in eurem Alter war:

Eine Halskette, die ich gemacht habe, als ich einen ähnlichen Stil in einer sehr teuren Boutique gesehen hatte. Ich glaube, dort hätte sie hundert Dollar gekostet, und ich wusste, dass ich mir das nie leisten könnte, also habe ich sie mir für viel weniger Geld selbst gebastelt.

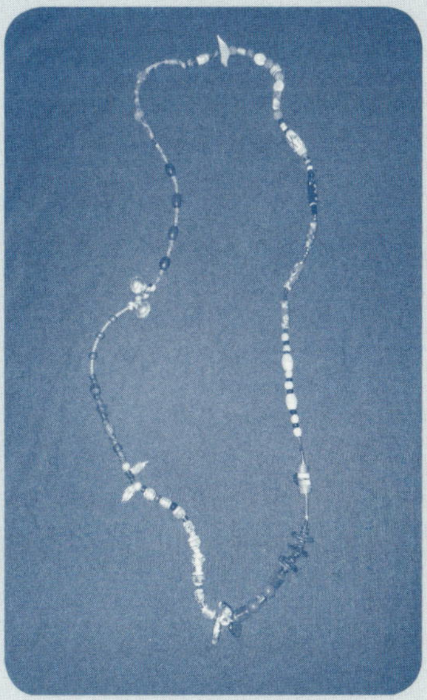

Eine von den Decken für meine Puppen, bei der meine Mom mir geholfen hat. Als meine Söhne noch klein waren, haben sie sie für ihre Puppen genommen.

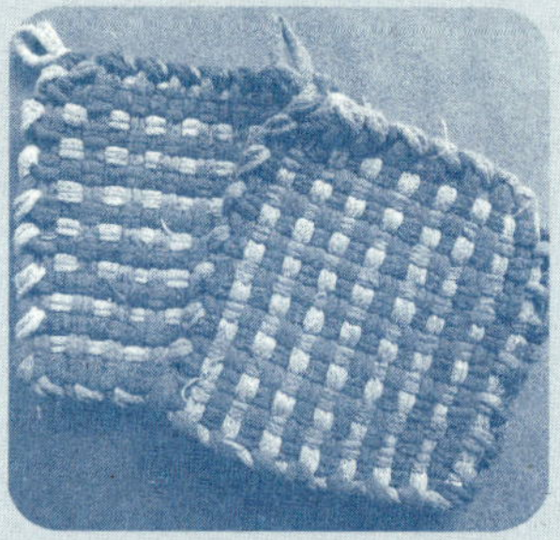

Hier ein paar Beispiele der Topflappen, die meine Familie hergestellt hat und die meine Mom und ich heute immer noch gerne häkeln. Um aus ihnen einen Teppich zu machen, hat sie ungefähr zwölf von ihnen zusammengenäht.

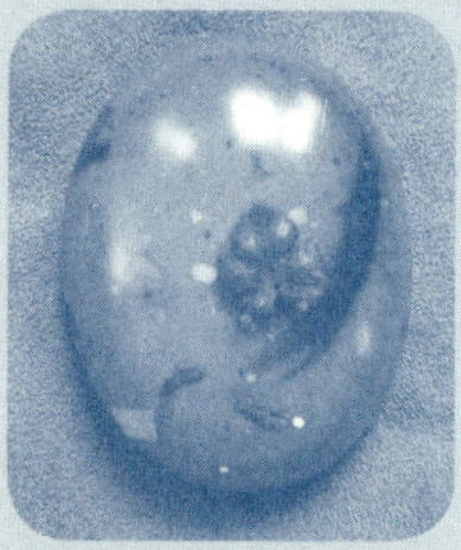

Das ist einer von den Briefbeschwerern, die ich hergestellt habe. Sie bestehen aus stinkendem, klebrigem Harz, also braucht ihr hierfür die Hilfe eines Erwachsenen. Aber es macht wirklich Spaß!

Das ist das Erste, was meine Söhne und ich zusammen gefilzt haben: ein kleiner Schneemann, der Ohrenschützer trägt. Ist er nicht niedlich?

Auf den Punkt

Unsere Gehirne sind dazu gemacht, zu lernen, wie wir überleben, kommunizieren und wie wir als Mensch auf einem sehr komplizierten Planeten existieren können. Die Art, wie wir in der Schule lernen, kann unser ganzes Leben beeinflussen und das Training, das wir unserem Gehirn beim Lernen geben, macht es stärker, schlauer und fähiger, sich leicht und elegant an neue Situationen anzupassen.

Sportarten praktizieren, medienvermittelte Informationen verarbeiten und Dinge lernen, die uns und anderen Freude bereiten, sind tolle Beispiele für die unglaubliche Einzigartigkeit des menschlichen Wesens. Wir sind lernende Wesen und wir sind kreative Wesen. Unsere Einstellung zur Schule zu überdenken, Entscheidungen über unsere Freizeitgestaltung zu treffen und neue Möglichkeiten zu finden, die eigenen Hände und den Geist zu beschäftigen, machen uns zu einem vielseitigen Erwachsenen, der in der Lage ist, mit allem umzugehen, was das Leben für ihn bereithält.

4 Wie wir lieben

Wir Menschen sind nur eine von Millionen Spezies auf diesem Planeten. Wir sind *Homo sapiens*, eine besondere Art von Säugetier, die sehr komplizierte und bedeutungsvolle Beziehungen mit anderen *Homo sapiens* eingeht (und mit Hunden und Katzen und einer Reihe anderer Kreaturen, die wir uns als Haustiere halten!). *Homo sapiens* haben eine enge Bindung zu ihren Eltern, Geschwistern, anderen Familienmitgliedern, zu ihren Freunden und zu ihren Liebespartnern. Diese Beziehungen sind geprägt von etwas, das man Intimität nennt.

Was genau ist Intimität? Wenn man das Wort hört, denkt man zuerst an die Art von Beziehung, die man mit einem festen Freund oder einer festen Freundin, einem Ehemann oder einer Ehefrau führen würde. Eigentlich ist Intimität aber vielmehr ein allgemeiner Begriff, der eine sehr starke Nähe bezeichnet, bei der man dem anderen eine Seite von sich preisgibt, die man nicht jedem zeigen würde. Intimität bedeutet, dass man sich in einer Beziehung befindet, in der man sich dem anderen gegenüber verletzbar macht. Intime Beziehungen ermöglichen es uns, Neues über uns selbst zu lernen, fordern uns dazu heraus, geduldig, liebevoll und mitfühlend zu sein und die Sichtweise des anderen nachzuvollziehen.

Intimität bedeutet, dass wir dazu in der Lage sind, uns mit einer anderen Person auf eine bedeutungsvolle Weise auseinanderzusetzen.

Sich nahe sein: Familie und Freunde

Die erste intime Beziehung, die wir in unserem Leben führen, ist die zu unseren Erziehungsberechtigten, also in den meisten Fällen die zu unseren Eltern. Manche Babys werden mit der Hilfe ihrer Großeltern, Geschwister oder anderer Angehöriger großgezogen, manche werden mit der Unterstützung eines Kindermädchens großgezogen. Egal wer uns die Windeln wechselt, uns füttert oder uns badet – mit den ersten Menschen, mit denen wir in Kontakt treten, wenn wir noch klein sind, führen wir unsere erste und irgendwie auch wichtigste intime Beziehung.

Auch wenn wir uns nicht an unsere ersten Monate und sogar Jahre erinnern können, sind die Art, wie die Menschen mit uns geredet, uns gehalten haben und auf unsere Bedürfnisse eingegangen sind, von großer Bedeutung. Babys vertrauen darauf, dass ihre Eltern verstehen, was ihr Weinen zu bedeuten hat, und müssen darauf vertrauen, dass ihnen jemand hilft, wenn sie etwas brauchen. Manchmal bedeutet das Weinen eines Babys: »Ich habe Hunger!«, manchmal bedeutet es: »Meine Windel ist grad ziemlich nass und matschig!« Es kann aber auch heißen: »Ich fühle mich einsam – nimm mich in den Arm!« Bereits als Babys sind wir also genetisch auf das Bedürfnis programmiert, verstanden zu werden, und haben ein angeborenes Urvertrauen, sowohl darauf, dass uns jemand versteht, als auch darauf, dass es der Person möglich ist, uns dabei zu helfen, unsere Bedürfnisse zu befriedigen.

Und genau das ist der Kern einer jeden guten Beziehung, auch wenn wir in diesem Moment noch viel zu jung sind, um uns überhaupt daran zu erinnern!

Wenn wir älter werden, gehen wir eine bedeutsame Beziehung zu den Menschen ein, die uns auch weiterhin füttern, uns mit Kleidung und einem Dach über dem Kopf versorgen, uns helfen zu wachsen und neue Sachen zu lernen und mit uns gemeinsam schöne Dinge erleben. Für viele von uns sind unsere Eltern, Geschwister und die erweiterte Familie unsere Hauptbeziehungen, wenn wir klein sind.

Sobald wir zur Schule gehen, finden wir Freunde und gehen neue Beziehungen mit Menschen in unserem Alter ein. Wir finden heraus, dass wir gerne Beziehungen mit den Personen eingehen, die die gleichen Interessen haben wie wir. Wir wollen uns über Sachen austauschen, die wir mit jemandem gemeinsam haben, und wir beginnen, Menschen in unsere Träume, Hoffnungen und sogar in unsere Ängste einzuweihen. Das sind enge und bedeutsame Beziehungen. Sie sind intim.

Eine enge Beziehung, über die sehr viel geredet wird, ist die zu unserem besten Freund oder unserer besten Freundin. Ein bester Freund ist normalerweise jemand, dem wir sehr nahestehen, mit dem wir viel gemeinsam haben und dem wir einfach alles erzählen können. Ein bester Freund hilft einem dabei, sicher durch die aufregendsten und schwierigsten Abschnitte des Lebens zu navigieren. Als Jugendlicher wird einem immer klarer, auf wen man sich am besten verlassen kann, und unsere Vorstellung davon, was einen »besten Freund« ausmacht, kann sich auch mit der Zeit verändern. Das ist vollkommen normal und es ist wichtig, sich immer daran zu erinnern, dass Menschen in unser Leben treten, um uns auf unserem Weg zu unterstützen, sie aber nicht immer das ganze Leben lang die gleiche Rolle für uns spielen werden. Ein bester Freund sollte jemand sein, dem man persönliche Dinge bedenkenlos anvertrauen kann, dem unsere Interessen am Herzen liegen und mit dem wir die gleichen Werte teilen. Beste Freunde unterstützen sich, auch wenn sie nicht immer einer Meinung sind, und beste Freunde kümmern sich gegenseitig umeinander. Einen besten Freund zu finden ist eine großartige Sache, aber wenn man keine oder keinen »Bestie« hat, ist das auch völlig in Ordnung. Es gibt viele Wege, anderen Menschen nahe zu sein, unterstützt zu werden und Unterstützung zu geben, genauso, wenn man das auf mehrere Freunde verteilt.

Männerfreundschaften

Eine der engsten Beziehungen, die Jungs in ihrer Jugend eingehen, ist die zu ihren Freunden: ihren Kumpel, Buddies, Bros, Homies, Dudes, ihrer Gang. Egal wie Jungs sich gegenseitig nennen, die Freundschaft zwischen ihnen ist intim und etwas ganz Besonderes, auch wenn das nicht unbedingt die Wörter sind, die euch als Erstes zu einer Männerfreundschaft einfallen. Manchmal machen Jungs zusammen Sport oder zocken Computerspiele, wenn sie miteinander abhängen. Manchmal haben sie aber auch eine gemeinsame Vorliebe für Dinge wie Sci-Fi-Filme, Comic-Bücher, Musik oder Gedichte – oder sonst etwas. Als ich noch zur Schule gegangen bin, war ich im Orchester, und viele der Jungs, die dort mitgemacht haben, haben auch sonst immer viel Zeit miteinander verbracht, Musik zusammen gemacht und viel darüber gesprochen. Später habe ich einige Theater-Geeks kennengelernt, die viel Zeit damit verbracht haben, für ihre Auftritte Szenen zu proben und Choreografien einzustudieren. Diese Freundschaften waren zwar sehr unterschiedlich, aber alle hatten diese ganz besondere Vorstellung von Männerfreundschaft gemeinsam, die so wichtig für das Erwachsenwerden von Jungen ist.

Zwar denkt man bei emotional komplizierten Freundschaften eher an die zwischen Mädchen, aber wer glaubt, dass nicht auch die Freundschaft zwischen Jungs kompliziert sein kann und dass Jungs nicht genauso über ihre Beziehung zu ihren Freunden nachdenken, der irrt sich. Und diese Vorstellung ist auch ziemlich altmodisch. Jungs und Männer gehen anders mit ihren Freundschaften um, aber sie sind ihnen genauso wichtig und sie setzen sich genauso mit ihnen auseinander, wie Mädchen es tun.

Freund oder Feind?

Manchmal können Freundschaften ziemlich verwirrend sein. Manchmal wird unser Vertrauen missbraucht oder wir beginnen uns zu fragen, ob jemand wirklich in unserem Interesse handelt. Hier ein paar Fragen zum Thema Freundschaft, die ihr euch möglicherweise stellt. Sie alle sind Warnzeichen dafür, dass eine Freundschaft vielleicht etwas angeknackst ist. Wenn ihr die meisten davon mit einem Ja beantwortet, müsst ihr eure Freundschaft vielleicht einmal neu überdenken, um euch selbst vor Verletzungen zu schützen.

- Erzählt euer Freund oder eure Freundin anderen Sachen über euch, die er oder sie eigentlich geheim halten sollte?

– Kommt es euch manchmal so vor, als wäre euer Freund oder eure Freundin viel mehr an den Sachen interessiert, die ihr besitzt, als an euch? Will er oder sie vielleicht ständig in eurem Auto mitfahren, eure tollen neuen Kopfhörer ausprobieren oder an eurem Pool abhängen?
– Habt ihr das Gefühl, dass er oder sie sich euch gegenüber vollkommen anders verhält, wenn ihr allein seid, als wenn andere Leute dabei sind?
– Setzt er oder sie euch unter Druck, Sachen zu machen, die ihr eigentlich nicht machen wollt, wie Zigaretten zu rauchen, Drogen zu nehmen, Alkohol zu trinken oder andere gefährliche Sachen?
– Droht er oder sie damit, eure Freundschaft zu beenden, wenn ihr nicht mit den Dingen einverstanden seid, die er oder sie tut?
– Behandelt euer Freund oder eure Freundin andere Leute schlecht und setzt voraus, dass ihr damit einverstanden seid, obwohl es sich falsch anfühlt?
– Erzählt euch euer Freund oder eure Freundin ständig davon, was sie mit anderen Freunden unternehmen will, bei dem ihr nicht mit eingeplant seid, um euch eifersüchtig zu machen?
– Fühlt ihr euch seltsam oder schlecht, nachdem ihr euch getroffen habt, ohne sagen zu können, woran genau das liegt?

Wenn euch davon irgendetwas bekannt vorkommt, solltet ihr am besten mit einem Erwachsenen eures Vertrauens über gesunde Freundschaften sprechen, die euch dabei helfen, die bestmögliche Version von euch selbst zu sein.

Beziehungen verändern sich im Laufe unseres Lebens. Mein Bruder und ich haben eine Menge Zeit miteinander verbracht, als wir noch klein waren, aber als er älter wurde und sich seine Interessen von meinen wegbewegt haben, hatten wir dann eine weniger intime Verbindung zueinander. Es gab mehr Momente, in denen wir einfach in der gleichen Familie als Geschwister nebeneinanderher gelebt haben, was völlig normal und auch gut ist. Ich war auch meinen Eltern sehr nahe, als ich noch klein war, aber als ich Freunde fand und Dinge entdeckt hatte, die ich gerne unternahm, habe ich weniger Zeit mit ihnen und mehr Zeit in meinem Zimmer verbracht, um zu lesen oder mit meinen Freunden zu spielen. Auch das ist absolut in Ordnung!

Für Beziehungen ist es gesund, sich zu verändern, und das Tolle an starken intimen Beziehungen zu Familie und Freunden ist, dass es eine solide Kernverbindung geben wird, zu der man immer zurückkehren kann. Als ich schon erwachsen war, gab es eine Zeit, in der ich meinen Bruder mehr als je zuvor gebraucht habe, auch wenn wir uns die Jahre zuvor nicht besonders nahegestanden haben. Wir können unsere Verbindung heute auf eine neue und besondere Weise für uns nutzen.

Die Intimität, die wir unserer Familie und unseren Freunden gegenüber empfinden, ist etwas Besonderes und Wertvolles. Sie ist die Basis für alle Beziehungen, die wir mit neuen Leuten eingehen, die wir während des Erwachsenwerdens kennenlernen. Zu manchen davon werden wir eine andere Art Intimität aufbauen: eine romantische intime Beziehung.

Sich näherkommen: Romantik

Während ich diesen Abschnitt geschrieben habe, bin ich ziemlich oft rot geworden, weil ich selbst als Erwachsene finde, dass es ziemlich komisch ist, über Romantik zu reden. Ich war als Jugendliche ziemlich oft verknallt und verknalle mich auch als Erwachsene immer noch hin und wieder – das ist ein Teil des Menschseins, egal wie alt man ist. Wenn man verknallt ist, spürt man die Aufregung bis in den Magen und ist total nervös, wenn man in der Nähe des Menschen ist, den man gut findet. Indem wir uns verknallen, versuchen unser Gehirn und unser Körper uns an den Gedanken zu gewöhnen, dass wir jemanden so gernhaben, dass wir ihm oder ihr vielleicht ernsthaft näherkommen wollen. Das kann damit anfangen, dass wir jemanden süß, lustig oder einfach total cool finden. Verknalltsein ist im Prinzip die erste Stufe einer romantischen Beziehung, die zu Dates führen kann und allem, was damit zusammenhängt.

Für eine Menge von dem, was man erlebt, wenn man

romantische Gefühle für jemanden hat, ist unser Gehirn verantwortlich. Das Gehirn sendet dann nämlich chemische Stoffe an unseren Körper, und die Gefühle, die sich dabei entwickeln, können sehr intensiv sein. Wenn man sie zum allerersten Mal empfindet, können sie einem auch irgendwie Angst machen.

Hier ein paar Dinge, die passieren können, wenn man nervös ist:

- Man schwitzt, besonders an den Handflächen und an den Unterarmen.
- Man bekommt einen trockenen Mund.
- Das Gesicht und die Lippen erröten und fühlen sich irgendwie warm an.
- Der Herzschlag beschleunigt sich, manchmal sogar so sehr, dass es sich anfühlt, als würde einem das Herz aus der Brust springen.
- Man hat Probleme, die richtigen Worte zu finden … man stottert, stammelt und plappert manchmal auch ganz schönen Unsinn.
- Man ist verwirrt, weiß nicht, was gerade los ist oder wer sonst noch vor einem steht, außer der Person, auf die wir uns konzentrieren.

All das sind normale Reaktionen darauf, jemanden attraktiv zu finden. Das Nervensystem schickt Informationen an den Körper, um ihm zu signalisieren, dass gerade etwas Aufregendes passiert. Wenn das passiert, wird Adrenalin (ein Hormon) vom Gehirn ausgeschüttet, um

den Herzschlag und den Blutdruck zu erhöhen – das ist auch der Grund, warum man rot wird, das Herz rast und man so schwitzt. Dieses Neben-der-Spur-Gefühl kommt von der Überbelastung des Gehirns, wenn zu viele Dinge auf einmal passieren.

Was er dazu sagt …

»Ich erinnere mich daran, dass ich mit etwa sieben das erste Mal verknallt war. Ich weiß noch, dass sie sehr hübsch war – sie sah den Frauen der Sportler ähnlich, die ich damals bewundert habe. Das fand ich zu der Zeit attraktiv. Nur kurz ihre Schulter zu berühren, während wir in der Schule hintereinander angestanden haben, war eine große Sache für mich. Es gab noch einen anderen Jungen, der auch in sie verknallt war und der auch versucht hat, ihr näherzukommen, und das hat mich ganz schön angestachelt. Ich wollte unbedingt derjenige sein, der ihre Schulter berührt!«

Bahn frei für die Hormone!

Wenn wir jemanden wirklich mögen oder sehr attraktiv finden, produzieren unsere Gehirne Hormone, die bewirken, dass wir uns gut fühlen. Es sind diese Wohlfühl-Hormone, durch die wir das Bedürfnis haben, mehr Zeit mit dieser einen Person zu verbringen. Wir können von diesem Gefühl einfach nicht genug bekommen!

Serotonin ist das Hormon, das dafür verantwortlich ist, wenn wir uns extrem gut fühlen, und das Gefühl, »auf Wolken zu gehen«, wenn wir mit jemandem zusammen sind, den wir mögen, kommt teilweise auch von diesem Hormon. Wenn ihr schon einmal von jemandem geschwärmt habt, wisst ihr genau, wovon ich spreche. Oxytocin ist das Hormon, das dafür verantwortlich ist, dass sich unser Magen anfühlt, als würde er Saltos schlagen, wenn wir jemanden sehen, den wir mögen. Es wirkt sich auch auf die Körperteile aus, die an dem biologischen Prozess einer romantischen Beziehung beteiligt sind. Wenn man jemanden attraktiv findet, kann es sein, dass man eine gewisse Wärme in der Brust und im Genitalbereich spürt. Das passiert nicht immer, aber wenn es passiert, ist es vollkommen normal.

Dopamin ist ein sehr wirkungsvolles Hormon, das ausgeschüttet wird, wenn jemand ein großes Bedürfnis hat, mit einer bestimmten Person zusammen zu sein und dann die Möglichkeit dazu bekommt. Es ist bekannt als das »Belohnungshormon«, weil unser Körper uns mit guten Gefühlen dafür belohnt, dass wir etwas erreicht haben, auf das wir hingearbeitet haben. Dieses Hormon ist anders als die anderen, denn man kann süchtig danach werden. Wenn man erst einmal auf den Geschmack gekommen ist, wollen wir die Dopaminwelle immer wieder aufs Neue erleben. Das Hormon bringt uns dazu, andauernd die Nähe zu unserem Schwarm zu suchen.

Wie zwei Magnete: Anziehungskraft

Wie weiß man, wen man attraktiv finden wird? Und wie kann man sich darauf vorbereiten? Oder kann man das überhaupt?!

Lasst uns das Thema Romantik noch einmal beiseiteschieben und darüber nachdenken, was eine Person in unseren Augen attraktiv macht.

Was findet *ihr* attraktiv?

Als ich in die sechste Klasse gekommen bin, mochten die meisten Mädchen Jungs, die sportlich und groß und muskulös waren (so muskulös, wie 14-Jährige eben sein können …). Blonde Haare waren damals »in« und eine Menge Mädchen waren an sonnengebräunten Jungs interessiert, die viel Wert auf ihre Haare und ihre Klamotten legten und Parfüm trugen. In der achten Klasse hatte ich das erste Mal romantische Gefühle für jemanden. Er war ein ziemlich dünner, blasser 13-Jähriger mit halb abrasierten, wuscheligen schwarzen Haaren, der wohl kaum jeden Tag in den Spiegel sah und auch kein Parfüm trug. Sein Name war Mischa und er hörte Punkrock und trug eine Lederjacke. Ich habe Gedichte für ihn geschrieben, Blumen für ihn gepflückt und jahrelang in der Pause im Schulflur oder beim Mittagessen nur wenige Meter weit weg von ihm gesessen – sogar noch in der Oberstufe – und hatte immer darauf gehofft, dass er mich irgendwann bemerken würde. Was er nie tat.

Auch wenn Mischa ganz anders aussah und sich ganz anders verhielt als die Jungs, auf die die meisten anderen Mädchen standen, die ich kannte, war es für mich immer absolut klar, warum ich ihn so toll fand: Er war klug, er war total witzig und er zog sein eigenes Ding durch, egal was andere davon hielten, und das hat mich damals sehr beeindruckt.

Ich erzähle euch von meiner Zuneigung zu Mischa, um euch eine wichtige Sache zu veranschaulichen: Anziehung kann sehr unterschiedlich sein. Sicher, es gibt auch ein paar Dinge, die für jeden gelten, aber es gibt noch sehr viel mehr unterschiedliche Seiten von Anziehungskraft, die davon abhängen, aus welchem Land man kommt, in welcher Zeit man lebt, welcher Religion man angehört, welchen kulturellen Hintergrund man hat und welche Vorstellung von Attraktivität man durch Filme und Serien vermittelt bekommen hat. So wie jeder eine andere Lieblingsfarbe oder ein anderes Lieblingsessen hat, finden wir an anderen Menschen auch unterschiedliche Sachen interessant oder attraktiv.

Außerdem ist die Vorstellung davon, was attraktiv ist, in vielen Ländern der westlichen Welt eine andere als zum Beispiel in Afrika, China, Südamerika oder in Polynesien. An vielen Orten auf der Welt werden Frauen mit runderen Körpern begehrt, während in Amerika und in Deutschland durch das Bild von Schönheit, das durch die Medien vermittelt wird, der Eindruck erweckt wird, dass man gar nicht dünn genug sein kann, auch wenn das alles andere als gesund ist.

Die Sache ist die: Es gibt keine Regeln darüber, was attraktiv ist, und manchmal verstehen wir selbst nicht so richtig, warum wir in der Nähe der Person, die wir mögen, solche Kulleraugen bekommen. Manche Leute finden es viel wichtiger, was jemand im Kopf hat, als äußerliche Schönheit und manchmal verstehen wir schon kurze Zeit später nicht mehr, wie wir eine bestimmte Person überhaupt jemals attraktiv finden konnten. Wenn man jemanden attraktiv findet, geht es nicht allein darum, wie sich unsere Genitalien dabei fühlen, sondern um viel mehr. Es kann sein, dass jemand sehr Schlaues mit einem besonderen Sinn für Humor etwas in uns bewegt, sodass wir ständig Zeit mit demjenigen verbringen wollen, egal wie er oder sie aussieht. Oder wir fühlen uns zu jemandem hingezogen, der körperlich total attraktiv ist, finden dann aber heraus, dass die Person gemein oder bösartig ist oder dass sie sich einfach nicht benehmen kann, und plötzlich wirkt sie überhaupt nicht mehr attraktiv auf uns. Glücklicherweise gibt es hierzu keine Regeln, denn auch wenn niemand nachvollziehen konnte, warum ich mich von Mischa angezogen gefühlt habe, war es eine besondere Zeit für mich, all diese Gefühle zu durchleben. Ich bin froh, dass die Meinungen der anderen mich dabei nicht beeinflusst haben.

Dating

Da ihr jetzt ein bisschen besser versteht, was Anziehungskraft bedeutet und was sie mit unserem Körper und unserem Gehirn so alles anstellt, sollte ich euch jetzt etwas darüber erzählen, was danach so passieren kann. In den meisten Kulturen ist der nächste Schritt, dass man miteinander ausgeht. Auch das kann für viele Leute etwas Unterschiedliches bedeuten und hängt davon ab, wo man lebt oder woher die eigene Familie stammt.

Heute versteht man unter »jemanden daten«, dass man Zeit mit jemandem verbringt, den man attraktiv findet. Den größten Teil der Menschheitsgeschichte über war Attraktivität jedoch überhaupt keine Voraussetzung fürs Daten. Das hört sich jetzt bestimmt komisch an, aber Eltern haben früher für gewöhnlich bestimmt, mit wem man den Rest seines Lebens verbringen wird, da Hochzeiten von den Familien arrangiert worden sind. Manchmal waren Hochzeiten nichts anderes als geschäftliche Abmachungen zwischen zwei Vätern. Frauen wurden hauptsächlich als Eigentum betrachtet und durften nicht mitreden, wenn es darum ging, wen sie heiraten würden. Auch heute gibt es in manchen Bevölkerungsgruppen noch immer arrangierte Ehen. Auch war es den Männern die meiste Zeit der Menschheitsgeschichte über erlaubt, mehr als eine Frau zu heiraten, und das ist an manchen Orten noch immer üblich, wie zum Beispiel in Teilen des Mittleren Ostens, Asiens, Afrikas und Australiens.

Viele von uns treffen potenzielle Liebespartner in der Schule, bei gesellschaftlichen und außerschulischen Aktivitäten oder wenn sie mit Freunden abhängen. Während meiner Schulzeit habe ich viel Zeit im Einkaufszentrum, Spielhallen und in den Wohnzimmern meiner Freunde verbracht, wo ich mich mit den Jungs unterhalten habe, in die ich verknallt war. Aber das Daten hat sich seit damals sehr verändert. Durch Smartphones und Social Media beinhaltet das Daten heute auch, sich zu schreiben, zu folgen, zu liken und Beiträge zu kommentieren. Über Online-Profile erfährt man heute Dinge über andere, die ich früher nie erfahren habe, wenn ich jemanden daten wollte. Das hat viele Vorteile, bringt aber auch einige Herausforderungen mit sich.

Auch wenn euch eure Eltern wie Dinosaurier vorkommen müssen, waren sie vor etwa dreißig Jahren auch einmal in eurem Alter, und im Vergleich dazu, dass es uns *Homo sapiens* bereits seit etwa zweihunderttausend Jahren gibt, sind dreißig Jahre keine lange Zeit! Das, was es so schwer macht, mit euren Eltern übers Dating zu sprechen, ist, dass sich – seit sie und ich in eurem Alter waren – einfach so unglaublich viel verändert hat. Hier eine Zusammenfassung davon, wie es früher war, zu daten, und wie es heute ist – mit einem besonderen Augenmerk darauf, wie man das Beste aus den guten Veränderungen rausholt und wie man die möglicherweise schwierigen Veränderungen umschiffen kann.

Schön, dich kennenzulernen

Früher: Meistens hat man sich mit jemandem aus seinem sozialen Umfeld verabredet, jemandem, den man aus der Schule oder von Stadtfesten oder aus dem Sportteam kannte, in dem man war. Es war also sehr wahrscheinlich, dass die eigenen Eltern denjenigen, mit dem man sich getroffen hat, bereits kannten oder wenigstens jemand aus der Familie oder aus dem Freundeskreis die Person kannte.

Heute: Es gibt mittlerweile so viele Möglichkeiten, jemanden kennenzulernen! Natürlich kann man das noch immer in der Schule oder bei Freizeitaktivitäten, es geht aber inzwischen auch online. Auf sozialen Plattformen und in den Kommentarspalten kann man virtuell miteinander abhängen. Es existiert eine ganze Welt voll Online-Communitys, in denen sich Leute vernetzen und kennenlernen.

Vorsichtsmaßnahmen: Online Leute zu treffen kann eine tolle Möglichkeit sein, seinen Freundeskreis zu erweitern und sich zu verabreden. Man muss dabei aber immer im Hinterkopf behalten, dass sich manche Menschen im Internet anders darstellen, als sie wirklich sind, und manche sogar ganz offensichtlich darüber lügen, wer sie sind, wie alt sie sind und worum es ihnen geht. Hin und wieder denken sich Leute Dinge über sich selbst aus, damit man sie interessant findet. Außerdem kann es sein, dass man glaubt, jemanden durch die Informationen, die derjenige online über sich teilt, zu kennen, obwohl man ihn in Wirklichkeit überhaupt nicht kennt. Das liegt einfach in der Natur des Ungeheuers Internet!

Wie man schlau an die Sache herangeht: Wenn ihr jemanden online kennenlernt, solltet ihr am besten bei einem persönlichen Treffen herausfinden, ob die Person tatsächlich als mögliches Date oder auch nur als neuer Freund infrage kommt – aber nur in dem Wissen und mit dem Einverständnis eurer Eltern! Ihr solltet niemals mit jemandem ausgehen, den ihr online kennengelernt habt, ohne dass ein Erwachsener weiß, wo ihr seid. Von Leuten, die euch darum bitten, euer Treffen geheim zu halten, solltet ihr euch auf jeden Fall fernhalten. Bei uns zu Hause nennen wir so jemanden eine »heikle« Person. Heikle Personen verlangen von einem, dass man bestimmte Dinge vor den Menschen geheim hält, die einem nahestehen, und mit solchen Personen Zeit zu verbringen ist gefährlich.

Jemanden umwerben

Früher: Umwerben ist ein altmodisches Wort dafür, um zu beschreiben, wie zwei Leute sich kennenlernen, die gerade daten. Man kann sich das wie in einem uralten Film aus den Fünfzigerjahren vorstellen: Ein junger Mann kommt mit Blumen zu einem Mädchen nach Hause und unterhält sich als Allerserstes mit ihrem Vater, während sie sich noch zurechtmacht. Von ihm wird erwartet, dass er das Mädchen und ihre Familie beeindruckt, um ihnen zu zeigen, dass er gute Absichten hat, mehr Zeit mit dem Mädchen verbringen möchte und ihren Vater irgendwann um die Erlaubnis bitten wird, sie heiraten zu dürfen.

Auch wenn es einem heute furchtbar altmodisch und auch ein wenig verrückt erscheint, dass der Junge die Zustimmung des Vaters benötigt, um sich mit dem Mädchen verabreden und sie später heiraten zu dürfen, ist die Idee hinter dem Umwerben dennoch nett: Es braucht Zeit, jemanden kennenzulernen. Es braucht Zeit, herauszufinden, wie es ist, zusammen zu sein, wenn man an einer ernsthaften Beziehung interessiert ist. Es braucht Zeit, Vertrauen zum anderen aufzubauen, um sich jemandem öffnen zu können und um irgendwann eine Liebesbeziehung mit diesem Menschen einzugehen, bei der es dazu kommt, dass man Händchen hält, sich küsst – und ja, manche Leute entscheiden sich dann auch ab einem bestimmten Zeitpunkt dazu, sexuell intim zu werden.

Heute: Das ist ein Aspekt beim Daten, der sich seit damals vollkommen verändert hat. Es gibt zwar noch immer Orte auf der Welt, an denen der Junge das Mädchen zu Hause abholt und sich mit ihrem Vater unterhält, bevor er sie ausführt, doch meistens läuft das Ganze mittlerweile völlig anders ab. Umwerben bedeutet heute meist nichts anderes, als sich zu unterhalten: Sich zu schreiben und sich gegenseitig Fotos zu schicken spielt dabei oft eine große Rolle. Manchen Leuten geht es beim Verabreden gar nicht mehr darum, eine ernsthafte Beziehung einzugehen, sie verabreden sich einfach nur, weil es ihnen Spaß macht.

Vorsichtsmaßnahmen: Was problematisch daran sein kann, dass wir uns nicht mehr umwerben, ist, dass wir Menschen vertrauen, bevor wir sie überhaupt richtig kennengelernt haben. Leute sagen uns Sachen, die wir hören wollen, aber eigentlich wissen wir nicht, ob sie sich auch wirklich an ihre Versprechen halten werden.

Sie mussten noch keine Zeit und Mühe investieren, um uns zu beweisen, dass sie zuverlässig und ehrlich sind. Es kann manchmal sehr verwirrend und schwierig sein, zu wissen, wem man vertrauen kann.

Der anderen Person Fotos von sich zu schicken ist eine weitere Seite des Umwerbens, wie man es heute kennt. Das klingt vielleicht völlig unproblematisch, aber wenn ihr etwas älter werdet, kommt ihr vielleicht auch auf die Idee, »sexy« Fotos zu verschicken. Wir sehen so viele Fotos von berühmten Personen, die sie von sich selbst in den sozialen Medien posten, auf denen sie nur in Unterwäsche, knappen Badeanzügen und manchmal auch nackt zu sehen sind. Es ist also kein Wunder, dass viele junge Menschen das Gleiche machen, wenn sie jemandem gefallen wollen.

Das Problem daran, sexy Fotos zu verschicken oder mit jemandem über sexuelle Themen zu schreiben (»Sexting«), ist, dass die Fotos, die man einmal verschickt hat, für viele Jahre auf dem Handy des anderen abgespeichert sein können. Man kann sich nie sicher sein, ob derjenige sie wirklich gelöscht hat, auch wenn er es versprochen hat. Fotos, die nur für diese eine Person gedacht waren, bekommen möglicherweise auch andere Leute zu sehen, denen ihr sie nie gezeigt hättet. Das kann unglaublich peinlich werden und sogar dazu führen, dass andere dich aufziehen, dich schikanieren oder Gerüchte über dich verbreiten, die du so schnell nicht wieder loswirst. Es kann dich sogar in juristische Schwierigkeiten, also in Schwierigkeiten mit dem Gesetz, bringen, wenn jemand eure Fotos für Dinge nutzt, von denen ihr gar nichts wusstet. Die Vorstellung von »Anstand« mag vielleicht im ersten Moment altmodisch erscheinen, aber immer mehr junge Mädchen zeigen beim Daten ein immer größer werdendes Bedürfnis nach Privatsphäre und Anstand, auch bei Kleidungsfragen.

Wie man schlau an die Sache herangeht: Je mehr Zeit man mit einer Person verbringt – und nicht nur mit ihr schreibt –, desto besser findet man heraus, ob man wirklich gerne mit ihr zusammen ist. Eine Freundschaft oder eine Beziehung, bei der man sich Fotos schickt und flirtet, kann Spaß machen, aber es ist auch wichtig, genügend Zeit persönlich miteinander zu verbringen, um herauszufinden, wie man sich in der Gegenwart des anderen fühlt. Außerdem sind manche von diesen altmodischen Sachen beim Umwerben wirklich nicht so schlecht, denn der andere kann dadurch beweisen, dass er euch respektiert und ihr es ihm wert seid, sich Zeit für euch zu nehmen. Und das ist tatsächlich für beide eine wirklich wichtige Sache beim Daten. Die Art von Beziehung, die sich wohl jeder wünscht, ist die, bei der man gerne Zeit mit dem anderen verbringt und bei der man sich auf denjenigen verlassen kann. Am besten findet man so früh wie möglich heraus, wer dazu bereit ist, sich wirklich Mühe zu geben.

Im ersten Kapitel habe ich bereits über die Funktionsweise des weiblichen Körpers gesprochen: In den Eierstöcken reift jeden Monat eine Eizelle heran, die sich, sollte sie mit männlichen Spermien in Kontakt kommen, zu einem Baby entwickeln kann.

Wenn der Penis sich im erregten Zustand befindet, füllt er sich mit Blut und wird hart. Das nennt man dann eine Erektion. Ist eine Frau erregt, stehen manchmal ihre Brustwarzen etwas ab und es fließt Blut in ihre Vagina, vor allem in die Klitoris, über die ich im ersten Kapitel auch schon gesprochen habe. Ein erigierter Penis wird in die Vagina eingeführt, wo er bei der sogenannten Ejakulation Sperma freigibt. Das Sperma wird dabei am höchsten Punkt der Vagina, am Gebärmutterhals, freigegeben, der sich in der Nähe des Uterus befindet. Bei einer Ejakulation werden Millionen von Spermien produziert (sie sind allerdings so klein, dass sie alle auf einen Teelöffel passen würden), und ihr Ziel ist es, eine Eizelle zu finden, die sie befruchten können. Sobald eine Eizelle befruchtet wurde, nistet sie sich in der Gebärmutter ein und beginnt, sich in etwas zu verwandeln, das in etwa neun oder zehn Monaten ein menschliches Baby sein wird.

Das alles ist ein unglaublicher Prozess und es ist aufregend und unbeschreiblich, in der Lage zu sein, im Inneren des eigenen Körpers neues Leben heranwachsen zu lassen! Dennoch ist es eine enorme Verantwortung und es sind Zeit, Reife und eine Menge finanzieller und emotionaler Reserven erforderlich, um sich um ein Kind kümmern zu können.

Ich berichte euch nun davon, wie die Leute früher mit dem Thema Sex umgegangen sind und wie ihr euch darauf vorbereiten könnt, was für Entscheidungen ihr später im Umgang mit Sex und allem, was dazugehört, treffen werdet.

Früher: Menschen bestimmter Religionen und Kulturen – aber auch viele andere ohne bestimmten religiösen oder kulturellen Hintergrund – haben traditionellerweise bis zur Ehe gewartet, bevor sie Sex hatten. Für die Generation eurer Großeltern und Urgroßeltern war das überhaupt nichts Ungewöhnliches. Die Vorstellung, dass der eigene Körper ein heiliger Ort ist, mag heute vielleicht etwas komisch auf euch wirken, aber über eine lange Zeit wurde sexuelle Intimität in vielen Gesellschaften als etwas betrachtet, das vor der Ehe nicht stattfand. Natürlich gab es immer Menschen, die bereits vor der Ehe sexuell aktiv waren, doch einer der Hauptgründe, warum man sich den Sex für die Ehe aufgehoben hat, ist die Tatsache, dass Frauen relativ leicht schwanger werden können, wenn sie Sex haben! Das ist einfach ein biologischer Fakt. Bis vor Kurzem hat der weibliche Menstruationszyklus das Leben einer Frau bestimmt und Sex wurde als Möglichkeit betrachtet, Babys zu zeugen, was in den meisten Kulturen eben nur innerhalb der Ehe vorgesehen war, damit die Frau versorgt ist, während sie sich um ihr Baby kümmert. Viele Religionen und Kulturen haben eine riesige Sache aus dem Verbot von Sex vor der Ehe gemacht, meistens wegen der Möglichkeit, dass eine Frau außerhalb einer Ehe schwanger werden könnte.

Heute: Noch immer glauben viele Menschen, dass Sex nur in der Ehe stattfinden sollte, doch in den letzten sechzig Jahren hat sich viel an der Selbstbetrachtung und dem sexuellen Verhalten junger Frauen verändert. Einer der Gründe für diese Veränderung ist die Einführung der Antibabypille (oder auch einfach »Pille«) in den 60er-Jahren, die die Reifung der Eizelle verhindert. Sie ermöglicht Frauen seitdem, zu bestimmen, wann sie ein Baby bekommen möchten – oder eben auch nicht. Die Pille hat die Welt auf eine Weise verändert, die wir bis heute noch nicht ganz begreifen. Seit den 1960er-Jahren und der sogenannten »sexuellen Revolution« hat sich die Vorstellung, »sich für die Ehe aufzuheben«, für viele Frauen stark verändert.

Viele Mädchen und junge Frauen – von denen bestimmt auch einige gerade dieses Buch lesen – fühlen sich mit Dingen wohl, die im Rahmen eines Dates vor fünfzehn Jahren noch unangemessen gewesen wären. Eure Eltern haben sich vielleicht noch gefragt, ob Küssen beim ersten Date in Ordnung ist, und heute kann es passieren, dass man jemanden küsst, noch bevor man sich darüber klar ist, ob man die Person überhaupt daten will. Es kann auch vorkommen, dass zwei Personen miteinander rummachen, die gar kein langfristiges Interesse aneinander haben. Für manche ist Sex eine große Sache und andere glauben, dass es völlig okay ist, mit jemandem zu schlafen, einfach weil es sich gut anfühlt.

Vorsichtsmaßnahmen: Es wäre für mich superseltsam, einfach so herauszuplatzen mit Sätzen wie: »Macht nicht mit jemandem rum, den ihr kaum kennt!«, »Wartet, bis ihr jemanden gut genug kennt, bevor er oder sie euch küssen darf!« oder »Wartet mit dem Sex, bis ihr in einer festen Beziehung seid!«. Ich weiß, für viele ergibt das überhaupt keinen Sinn, und ich verstehe das auch prinzipiell. Doch die Wahrheit ist: Jedes Mal, wenn ihr jemandem körperlich näherkommt – also, wenn ihr eine andere Person küsst, berührt oder sexuell intim mit ihr seid, tut ihr das indirekt auch mit allen, mit denen sie vorher bereits intim war. Selbst wenn man jemanden nur küsst und Körperflüssigkeiten austauscht – was man beim Küssen tut! –, reagiert der Körper darauf auf eine bestimmte Weise.

Immer wenn ihr mit jemandem sexuell intim seid, auch wenn ihr euch nur küsst, sollte man das im Hinterkopf haben. Ich sage nicht, dass ihr krank werdet, wenn ihr jemanden küsst, aber es ist wichtig, das Prinzip zu kennen: Mit jemandem sexuell intim zu werden bedeutet, dass Körperteile ins Spiel kommen, die mit Krankheiten infiziert werden können, manchmal sogar mit sehr schweren. Mit dem Penis oder einer Vagina eines anderen Menschen in Kontakt zu kommen oder beim Küssen, Oralsex oder Geschlechtsverkehr Körperflüssigkeiten auszutauschen ist eine weitreichende Erfahrung für euren Körper. Wenn zum Beispiel jemand eine Person küsst, die Herpes hat, und dann euch küsst, könnte es sein, dass ihr auch Herpes bekommt. Jedes Mal, wenn die Lippen der Person euren Schleimhäuten (also jeder eurer Körperöffnungen) nahekommen, könnt ihr deren Keime und die Keime der Menschen in euren Körper aufnehmen, denen euer Sexualpartner vor euch nahegekommen ist.

Viele von uns wachsen mit der Vorstellung auf, dass sexuelle Intimität ein emotionales Erlebnis ist. Doch wenn man sich ansieht, wie sie in Musikvideos, Serien und Filmen dargestellt wird und was für Sexszenen sie zeigen, scheint diese Intimität oft auch überhaupt keine große Sache zu sein. Frauen werden in sexuellen Szenen manchmal aggressiv dargestellt und in den Medien werden immer häufiger Frauen gezeigt, die ihre Emotionen von sexueller Intimität trennen. Was absolut der Wahrheit entspricht, ist, dass es eine große Wirkung auf Menschen hat, sexuell aktiv zu sein, besonders auf Frauen. Erinnert ihr euch noch an all die Hormone, von denen ich in den vorherigen Kapiteln gesprochen habe? Wenn wir Sex haben, werden sie extrem beansprucht. Auch wenn es Spaß machen kann, sexuell aktiv zu sein, ändert es trotzdem die Beziehung zu der Person, mit der wir es sind. Besonders junge Menschen sind nicht unbedingt auf einige der Gefühle vorbereitet, mit denen man dabei konfrontiert wird. Manchmal fühlt man sich schuldig, manchmal haben wir auch das Gefühl, dass es nicht das war, was wir erwartet haben, oder dass der andere uns nicht so behandelt hat, wie wir uns das gewünscht hätten.

Es ist wichtig, sich klarzumachen, dass Sex etwas Besonderes und eine wirklich große Sache ist. Die meisten Menschen mit viel Erfahrung würden euch sagen, dass Sex am besten ist, wenn er mit Gefühlen verbunden ist. Dass man Sex nicht als rein körperliche Sache vollzieht, weil es gerade ein angesagtes Thema ist oder weil ihr glaubt, alle anderen würden es auch machen.

So bedeutsam Sex ist, solltet ihr aber gleichzeitig auch keine Angst davor haben. Auch wenn viele religiöse Traditionen eine klare Meinung zum Thema Sex haben und die meisten Eltern es sehr ernst nehmen, wenn ihre Kinder sexuell aktiv werden – was sie auch sollten –, ist Sex nichts Schlechtes. Es kann wundervoll sein, sich auf diese Weise mit einem anderen Menschen zu verbinden. Aus persönlicher Erfahrung kann ich euch sagen, dass der bedeutsamste und tollste Sex in einer stabilen und gesunden Beziehung stattfindet, in der großes Vertrauen herrscht, in der man über die jeweiligen Bedürfnisse spricht und in der eine Menge Zärtlichkeit und Spaß vorhanden ist.

Wie man schlau an die Sache herangeht: Ich sage es euch ganz direkt: Euer Körper ist unglaublich. Er ist dazu da, dass ihr euch gut fühlt und um Leben zu erschaffen, wenn ihr denn eines Tages ein Baby bekommen möchtet. Ihr habt es verdient, euch gut und sicher zu fühlen. Es ist eure Entscheidung, wer euch wann und wo anfassen darf, und niemand hat das Recht, euch ein schlechtes Gewissen zu machen, weil ihr etwas nicht möchtet. Von jedem, der euch unter Druck setzt, Dinge zu tun, zu denen ihr noch nicht bereit seid, solltet ihr euch fernhalten – und wenn euch derjenige nicht in Ruhe lässt und euch weiterhin bedrängt, solltet ihr mit einer Person eures Vertrauens darüber sprechen. Sexualität ist eine sehr persönliche Sache und es ist allein eure Entscheidung, was ihr wann und wie macht.

Einverständnis

Es ist euer Recht, über euren Körper zu bestimmen. Egal was passiert, es gibt keine Situation, in der irgendjemand das Recht hat, zu glauben, er könnte euch berühren, küssen oder sogar Sex mit euch haben, wenn ihr das nicht wollt. Euer Einverständnis hat nichts mit eurer Kleidung zu tun, oder damit, auf welche Weise ihr mit jemandem geflirtet habt oder ob ihr mit der Person essen gegangen seid. Einverständnis bedeutet, dass ihr jemandem die ausdrückliche Erlaubnis gebt, etwas zu tun. Sex muss im Einverständnis beider Personen passieren. Wenn ihr eure Meinung, wie weit ihr gehen wollt, an einem bestimmten Punkt während eines Dates ändert, ist das in Ordnung. Ihr dürft euch umentscheiden und das muss der andere respektieren. Wenn jemand eure Grenzen überschreitet, ist es wichtig, sich der Situation sofort zu entziehen, auch wenn man dabei vielleicht denkt, die Gefühle des anderen zu verletzen oder dass derjenige Gerüchte über euch verbreiten könnte. Viele Lieder und Fernsehsendungen vermitteln uns, dass es die Aufgabe einer Frau sei, dem Mann zu gefallen: Das ist sie nicht! Die Aufgabe eines jeden Menschen ist es, Dinge zu tun, die ihn glücklich machen und vor Erfahrungen beschützen, an denen er nicht interessiert oder für die er noch nicht bereit ist. In vielen gesellschaftlichen Kreisen – auch in der Welt der Pornografie – glaubt man, dass Frauen mit Männern Sex haben wollen, auch wenn sie sagen, dass sie es nicht wollen. Das ist eine sehr ungesunde und unvernünftige Art zu denken, die man auf keinen Fall nachahmen sollte. »Nein« heißt »Nein«. Punkt. Wenn eure Hormone voll zuschlagen, kann es schwierig für euch sein, eure Bedürfnisse zu unterdrücken, aber es liegt trotzdem in eurer Verantwortung, darauf zu hören, wenn jemand Nein sagt. Wenn euch jemand von sich wegdrückt, zieht euch sofort aus der Situation heraus und haltet Abstand zu dieser Person. Das ist kein Spiel. Und wenn ihr glaubt, dass sie auf diese Weise versucht, euch einzuladen, und euch mit dem Wegschieben nur necken will, solltet ihr auf jeden Fall auf Nummer sicher gehen und deutlich fragen: »Sag mir klipp und klar: Ist das ein Ja oder Nein?«

Nein bedeutet immer Nein, ohne jede Ausnahme. Wenn ihr euch mit jemandem verabredet, beachtet am besten diese zwei Regeln: Zum einen solltet ihr Situationen vermeiden, in denen Alkohol getrunken wird (was es vor allem für Minderjährige schwierig machen kann, die richtigen Entscheidungen zu treffen), und zum anderen ist es wichtig, immer die Möglichkeit zu haben, sich abholen zu lassen. Plant eure Dates im Voraus und seid vorbereitet. Und macht euch immer wieder bewusst, dass ihr allein über euren Körper bestimmt.

Wenn euch jemand sexuell missbraucht, könnt ihr die *Nummer gegen Kummer* anrufen, wo man euch helfen wird, zu entscheiden, was ihr tun könnt: 116 111 (anonym und kostenlos vom Handy und Festnetz; montags – samstags von 14–20 Uhr).

Wenn ihr euch dafür entscheidet, sexuell aktiv zu sein, solltet ihr wissen, dass ihr immer dann Kondome verwenden solltet, wenn Flüssigkeiten aus den Genitalien einer anderen Person in euren Körper gelangen können. Kondome schützen euch davor, Krankheiten zu bekommen, die durch Körperflüssigkeiten übertragen werden, die ihr möglicherweise nie wieder loswerdet und die euer ganzes Leben beeinflussen können. Auch ein richtiges Verständnis von der Vermeidung von Schwangerschaften und sexuell übertragbaren Krankheiten ist extrem wichtig. Ihr könnt mit eurem Familienarzt, euren Eltern oder einem anderen Erwachsenen eures Vertrauens darüber sprechen. Es gibt Krankheiten, die man durch sexuelle Beziehungen bekommen kann, die nicht heilbar sind. Sie können sich unter anderem darauf auswirken, ob ihr später einmal Kinder bekommen könnt. Das ist beängstigend und deswegen solltet ihr sehr genau auswählen, mit wem ihr Sex habt. Wie ich euch bereits zuvor gesagt habe, sind Menschen, die man online kennengelernt hat und über die man nur sehr wenig weiß, keine Personen, denen man vertrauen kann, nur weil sie das behaupten. Heute kluge Entscheidungen zu treffen kann euer gesamtes Leben beeinflussen.

Sicher will niemand, der in der in eurem Alter Sex hat, darüber nachdenken, dass man dabei ein Baby zeugen könnte. Doch eines muss ich euch ganz deutlich sagen: Von Sex wird man schwanger. Kondome schützen relativ sicher vor einer Schwangerschaft, wenn man sie richtig benutzt. Es gibt noch weitere Möglichkeiten, die alle ihre Vor- und Nachteile haben. Manche Leute glauben, man könne nicht schwanger werden, wenn man nur ganz kurz Sex hat, aber das ist keine sichere Verhütungsmethode. Wenn ihr noch keine Eltern werden wollt, ist der sicherste Weg, kein Sperma in die Vagina gelangen zu lassen. Sperma ist das, was aus dem Penis kommt und in dem sich die Samenzellen befinden, die gemeinsam mit einer Eizelle ein Baby entstehen lassen. Punkt.

Verhütung

Die Entscheidung, Sex zu haben, ist sehr persönlich, und auch die Entscheidung, wie man verhütet, ist eine sehr persönliche. Wegen der Art und Weise, wie der weibliche und der männliche Körper aufgebaut sind, funktioniert Verhütung normalerweise so, dass dabei verhindert wird, dass die Eizelle und das Sperma überhaupt aufeinandertreffen. Ich habe ja bereits deutlich gemacht, welcher der einzig sichere Weg ist, nicht schwanger zu werden, wenn ihr dennoch sexuell aktiv werden wollt, stelle ich euch hier zur Sicherheit die üblichsten Verhütungsmethoden vor. Denkt immer daran, dass die jeweilige Methode korrekt angewendet werden muss, um so sicher wie möglich zu sein, und dass keine Verhütung zu hundert Prozent sicher ist. Ihr solltet auch wissen, dass bereits vor der Ejakulation Spermien austreten können, und die Methode des »Coitus interruptus«, also des Sex ohne Ejakulation in der Vagina, damit keine zuverlässige Verhütungsmethode ist.

1. **Kondome.** Ein Kondom wird über den Penis gerollt, um das Sperma abzufangen, sodass es nicht in die Vagina gelangt. Wenn es richtig benutzt wird, können sie sehr zuverlässig vor einer Schwangerschaft schützen. Die meisten Kondome bestehen aus Latex und normalerweise verwendet man sie zusammen mit einem Gleitmittel, damit sich das Latex nicht unangenehm anfühlt. Kondome schützen vor sexuell übertragbaren Krankheiten, indem sie einen Schutz zwischen den beiden Körpern bilden, und das ist etwas, das nur Kondome leisten können.
2. **Die Pille.** Die Antibabypille wird von einem Arzt verschrieben und muss jeden Tag eingenommen werden, damit sie sicher ist. Sie besteht aus Hormonen, die die Eierstöcke daran hindern, Eizellen heranreifen zu lassen. Die Hormone in der Pille sind sehr stark und euer Körper könnte auf sie mit angespannten Brüsten und Gewichtszunahme reagieren. Manche Frauen fühlen sich während ihrer Periode auch irgendwie schlecht gelaunt und emotionaler als sonst, wenn sie die Pille nehmen. Manchmal wird die Pille Mädchen verschrieben, die während ihrer Periode unter Krämpfen und Stimmungsschwankungen leiden, aber es gibt viele andere Methoden, damit umzugehen, außer sich deswegen die Pille verschreiben zu lassen und dann unter ihren Nebenwirkungen zu leiden. Es ist wichtig, dass ihr euch darüber mit einem

Arzt oder einem Erwachsenen eures Vertrauens unterhaltet. Habt keine Angst, eine Menge Fragen zu stellen, und trefft eine Entscheidung, mit der ihr euch wirklich wohlfühlt.

3. **Hormonpflaster und Hormonring.** Das Hormonpflaster sieht aus wie ein ganz normales Pflaster und enthält die gleichen Hormone wie die Pille. Es muss zu bestimmten Zeiten aufgeklebt und wieder entfernt werden, sonst funktioniert es nicht. Der Hormonring wird in die Vagina eingeführt. Genau wie ein Tampon spürt man ihn nicht, wenn er richtig platziert ist. Diese Möglichkeiten, die Hormone an den Körper abzugeben, führen normalerweise zu weniger Nebenwirkungen als die Pille.
4. **Andere Verhütungsmethoden: Kupferspirale, Hormonspritzen und Sterilisation.** Das alles sind viel weitreichendere und kompliziertere Verhütungsmethoden, die normalerweise nicht von Jugendlichen genutzt werden. Manche Frauen lassen sich eine Kupferspirale in ihren Uterus einsetzen. Sie kann jederzeit von einem Arzt wieder entfernt werden. Einige Spiralen geben Hormone an den Körper ab, andere nicht. Kupferspiralen hindern Eizellen und Spermien daran, ein Embryo entstehen zu lassen. Eine andere Verhütungsmethode sind Hormonspritzen, die den Eisprung verhindern. Und falls ihr euch eines Tages sicher sein solltet, dass ihr definitiv zu keinem Zeitpunkt Kinder bekommen möchtet, gibt es noch das Verfah-

ren, bei dem die Eileiter »versiegelt« werden, sodass Eizellen und Spermien nicht aufeinandertreffen können, die sogenannte »Sterilisation«.

Spätzünder

Hat einer von euch dieses Kapitel gelesen und sich nur gedacht: *Worüber redet sie denn da bloß?!* oder *Iihh! Über so einen Kram will ich überhaupt nicht reden!* oder vielleicht *Ich will nicht über Sex nachdenken, ich will mich ja noch nicht mal mit jemandem verabreden!* Wenn das so ist, ist das vollkommen in Ordnung. Jeder entwickelt sich unterschiedlich schnell, und so wie ihr euch entwickelt, ist es genau richtig.

Ich weiß nicht einmal, ob ich es in eurem Alter durch dieses Kapitel geschafft hätte oder ich nicht eher bis nach der Oberstufe gewartet hätte, um es zu lesen. Ich war eben ein Spätzünder. Ein wirklich später Spätzünder.

Mein Körper hat erst spät angefangen, sich zu verändern. Ich war immer sehr klein und ich habe erst mit etwa sechzehn Jahren meine ersten Kurven bekommen. Meine Periode habe ich erst am Ende meiner Schulzeit das erste Mal bekommen. Ich war nicht an Dates interessiert, und wie ich euch schon erzählt habe, hatte ich meinen ersten Kuss, als ich mit vierzehn Jahren in einer Fernsehsendung mitgespielt habe. Meinen ersten festen Freund hatte ich mit siebzehn und ich hatte eigentlich nie »lockere« Dates. Ich habe nie in einem Feriencamp oder in der Schule mit einem Jungen rumgemacht, ich hatte bisher nur langfristige Beziehungen und ich bin fest davon überzeugt, dass man immer nur einen festen Partner zur gleichen Zeit haben sollte.

Jetzt denkt ihr vielleicht, dass ich ja gar keine Ahnung vom Daten oder dass ich kein Recht dazu habe, etwas dazu zu sagen, weil ich als Jugendliche schließlich überhaupt keine Ahnung hatte. Aber die Sache ist die: Ich habe mich damals für diese Sachen nicht interessiert, weil ich noch nicht bereit für sie war, und das ist total okay. Ich bin total durchgedreht, als ich von den ganzen Krankheiten erfahren habe, die man bekommen kann, wenn man nicht aufpasst, und ehrlich gesagt fand ich die meisten Typen in meinem Alter ziemlich langweilig. Ich war an keinem von ihnen interessiert, außer eben an Micha, der mich kaum wahrgenommen hat.

Die Wahrheit ist, dass es gut für mich war, ein Spätzünder zu sein. Die Tatsache, dass ich von Witzen und Unterhaltungen ausgeschlossen wurde, weil ich nichts damit anfangen konnte, hat mir auf längere Sicht nicht wirklich etwas ausgemacht. Ich kenne niemanden, der früher viele sexuelle Erfahrungen gesammelt hat und sich dadurch besser auf eine gesunde Beziehung oder Ehe vorbereitet gefühlt hat – es war bloß ein anderer Weg für sie, um dorthin zu kommen. Ein Weg ist nicht gezwungenermaßen besser als der andere und garantiert euch auch nicht, dass ihr in späteren Beziehungen oder im Bett erfolgreicher sein werdet. Behaltet das im Hinterkopf, falls jemand einmal zu euch etwas sagen sollte wie: »Wenn du ein guter Küsser werden willst, musst du viel üben.« Das ist nämlich einfach nicht wahr. Das gilt auch für andere Sachen, die ihr vielleicht einmal zu hören bekommen werdet, wie zum Beispiel: »Viel zu üben ist die einzige Möglichkeit, ein guter Liebhaber oder eine gute Liebhaberin zu werden.« Das stimmt genauso wenig. Ein guter Liebhaber oder eine gute Liebhaberin zu sein hat viel damit zu tun, seine Gefühle und Bedürfnisse zu kennen, und mit dem Bedürfnis, für den anderen da sein zu wollen, für den man sehr viel empfindet. Ihr werdet irgendwann erkennen, wie schnell oder langsam das bei euch gehen wird. Wenn ihr mit jemandem zusammen seid, dem ihr nicht vertraut oder mit dem ihr euch nicht wohlfühlt, ist das ein Signal dafür, dass etwas nicht in Ordnung ist. Macht langsam und überstürzt nichts.

Ich weiß, dass ich als Spätzünder vor einer Menge Drama und Liebeskummer bewahrt wurde, die bei einer Beziehung entstehen können. Leute, die eine Menge Beziehungen geführt haben, können aber auch viel von ihnen lernen, was auch völlig in Ordnung ist. Ich habe mich oft enttäuscht und zurückgewiesen gefühlt, wenn ich versucht habe, jemandem zu gefallen, mit dem ich gerne ausgegangen wäre. Da ich ein sensibler Mensch bin, den man leicht verletzen kann, hat mir diese Erfahrung gereicht und ich habe es dabei belassen. Den Großteil meiner Schulzeit habe ich mit Lernen, Musikmachen und -hören und dem Schreiben von Briefen an meine Freunde verbracht. Ich mochte es, zu lesen und Gedichte zu schreiben, und auch wenn ich mich manchmal einsam gefühlt habe, habe ich rückwirkend betrachtet in dieser Zeit gelernt, was ich mag und was ich nicht mag, und würde für nichts auf der Welt meine Zeit als Spätzünder gegen etwas anderes eintauschen wollen. An all euch Spätzünder da draußen, die vielleicht das Gefühl haben, dass sie etwas verpassen: Es mag euch so vorkommen, aber ihr könnt mir vertrauen, wenn ich euch sage, dass sich jeder auf seine oder ihre Art und Weise entwickelt und dass es wichtig ist, auf die eigene Intuition zu vertrauen. Wir alle kommen irgendwann an diesen Punkt, an dem es von großer Bedeutung ist, auf unsere Intuition zu hören und unseren ganz persönlichen Weg zu gehen.

Wenn es sich falsch anfühlt, mit jemandem zu knutschen oder mit ihm Sex zu haben, hört auf eure innere Stimme! Als ich fünfzehn war, bin ich zu einer Tanzveranstaltung einer jüdischen Organisation gegangen, bei der ein Junge bei einem langsamen Tanz versucht hat, mir einen Zungenkuss zu geben. Ich bin sofort zurückgewichen und habe ihm gesagt, dass ich dazu nicht bereit bin. Ich hatte dem Jungen gegenüber ein schlechtes Gewissen, weil ich nicht besonders freundlich zu ihm war. Ich habe mich gefühlt wie der letzte Idiot und noch heute schäme ich mich, wenn ich daran denke. Aber mir wurde beigebracht, meinen Körper und meine Privatsphäre zu respektieren und eine Person entschieden davon abzuhalten, wenn sie meine Grenzen überschreitet. Wenn es sich für euch eklig oder beängstigend anfühlt, mit jemandem körperlich oder sexuell einen Schritt weiter zu gehen, ist das die Art eures Gehirns und eures Körpers, euch zu sagen, dass es jetzt angebracht ist, aufzuhören und etwas Abstand zwischen euch zu bringen. Auf lange Sicht werdet ihr froh über diese Entscheidung sein.

In der Serie *The Big Bang Theory* spiele ich eine Spätzünderin, die erst als Erwachsene das erste Mal Sex hat. Meine Figur, Amy, geht bereits seit mehreren Jahren mit Sheldon aus, bevor er überhaupt dazu bereit ist, sie das erste Mal zu küssen, und es ist ihr allererster Kuss! Amy hat sich dafür entschieden, geduldig zu sein und abzuwarten, bis Sheldon bereit dazu ist, und das war sehr wichtig, da sie ihm auf diese Weise gezeigt hat, dass sie ihn liebt. In der neunten Staffel beschließt Sheldon, Amy zu ihrem Geburtstag das Geschenk zu machen, mit ihr intim zu werden. Amy ist vollkommen schockiert und beide sind sehr nervös, als sie sich dazu entschließen, Sex miteinander zu haben. Sheldon sagt in diesem Moment etwas sehr Süßes: »Wir werden es gemeinsam herausfinden.« Und das haben sie.

Wir alle finden es auf die eine oder andere Weise heraus. Das Wichtigste, was ich als Spätzünderin gelernt habe, ist, mir eine Menge Zeit für meine Entscheidungen zu nehmen und abzuwägen, ob sich etwas richtig oder falsch anfühlt. Ich habe mich lange dafür geschämt, eine Spätzünderin zu sein, aber heute weiß ich es zu schätzen und ich erfahre in meinem Leben viel mehr Schönheit, Freude und Liebe, als ich es mir als schüchternes und unbeholfenes Mädchen hätte vorstellen können.

Was er dazu sagt …

»Meine Schwester ist nur fünfzehn Monate jünger als ich, und wir hatten eine gemeinsame Feier zu unserer Bar Mizwa. Sie war damals allerdings größer als ich, und ich kann mich noch daran erinnern, dass ich mich auf eine Kiste stellen musste, um über das Rednerpult schauen zu können. Das hat mich total fertiggemacht. Mittlerweile bin ich aber größer als meine Schwester, und als ich gemerkt habe, dass ich noch wachse und nicht für immer so klein bleiben werde, hat mir das wieder mehr Selbstbewusstsein gegeben.«

Auf den Punkt

Gefühle und Emotionen richtig zu verstehen ist ein wichtiger Teil des Erwachsenwerdens. Zu lernen, welchen Einfluss sie auf andere Menschen haben, wird euch zu einer wundervollen Freundin, Tochter, Schwester, Partnerin bzw. zu einem wundervollen Freund, Sohn, Bruder oder Partner machen. Es ist schwierig, immer bewusste und gut durchdachte Entscheidungen darüber zu treffen, wem wir unser Herz schenken und wie wir unseren Körper dazu einsetzen, jemandem unsere Zuneigung zu zeigen. Ich hoffe, dass dieses Kapitel euch dabei geholfen hat, darüber nachzudenken, und euch zu selbstbewussten und gesunden Entscheidungen verhilft, während ihr auf dem Weg zum Erwachsenwerden entlanggeht.

5 Wie wir schwierige Situationen bewältigen

Die Zeit der Pubertät ist einfach sensationell und es gibt so viel, das man dabei feiern kann.

Aber ist das Leben bloß eine große Party? Verläuft es immer wundervoll und unproblematisch?

Wenn ich mir etwas im Fernsehen oder im Kino ansehe, oder wenn ich in den sozialen Medien unterwegs bin, sehe ich viele spektakuläre Dinge und stets überglückliche Menschen. Ich sehe Menschen mit lächelnden Familien, bezaubernde Haustiere, wunderschöne Häuser, hilfsbereite Freunde, liebevolle Beziehungen und all das, was man als ein perfektes Leben bezeichnen würde. Das meiste, was die Leute posten, zeigt eine Welt voller Glück und Erfolg. Aber so ist das Leben nicht immer. Schlechte Dinge geschehen. Wir sind traurig. Man gerät in Situationen, in denen man nicht weiß, wie man sie bewältigen soll. Und manchmal fühlt es sich so an, als würde in unserem Leben etwas schieflaufen, bloß weil es anders ist als das von anderen Leuten.

Psychologen und Soziologen sind Experten darin, wie und warum Menschen die Dinge tun, die sie tun, und sie sagen, dass die folgenden Situationen uns am meisten herausfordern und in Stress versetzen:

1. der Umzug in ein neues Haus oder in eine neue Wohnung
2. der Tod eines Menschen, der uns nahesteht
3. eine Scheidung innerhalb der Familie
4. finanzielle Probleme in der Familie

Was kann uns noch extremem Stress aussetzen?

1. mit jemandem Schluss machen oder sich mit einem Freund streiten
2. romantische Gefühle für einen Menschen haben, der diese nicht erwidert
3. aufgezogen oder schikaniert zu werden, weil man anders ist
4. Druck durch die Eltern, die wollen, dass man gute Noten schreibt
5. schwierige Beziehungen zu Geschwistern oder anderen Familienmitgliedern
6. in den Nachrichten hören, was in der Welt Schlimmes vor sich geht

Auch wenn diese Situationen nicht so stressig sind wie ein verstorbener Verwandter, eine Scheidung oder Geldprobleme, sind sie dennoch stressig und können uns stark beeinflussen.

Was ist Stress?

Was genau ist Stress eigentlich? Was bewirkt er und inwieweit kann er uns verändern?

Manchmal wird für Stress auch das Wort »Belastung« benutzt. Man könnte damit zum Beispiel auch den Druck beschreiben, der auftritt, wenn auf einem dünnen Tisch eine schwere Bowlingkugel liegt. Der Tisch steht unter der Belastung des enormen Gewichts – das ist physische Belastung. Emotionale Belastung oder eben emotionaler Stress ist sehr ähnlich. Er ist der Druck, den wir spüren, wenn wir uns in einer sehr schwierigen Situation befinden, die uns stark herausfordert. Stress hat Einfluss auf unser Gehirn und unseren Körper. Er kann auch beeinflussen, wie wir mit den Menschen in unserer Umgebung und den Dingen, die wir zu erledigen haben, umgehen – auch wenn sie überhaupt nichts mit dem zu tun haben, was uns gerade so stresst. Von etwas gestresst zu sein kann dazu führen, dass man sich von vielen anderen Dingen zusätzlich stressen lässt. Das führt dazu, dass die Belastung immer größer wird.

Stressige Situationen können körperlich sein, wie zum Beispiel, wenn sich euch ein wütender Hund nähert, der aussieht, als wäre er kurz davor, euch anzugreifen. Stress kann aber auch von Gefühlen und Handlungen kommen, wie zum Beispiel, wenn man jemanden verliert, den man liebt. Wenn wir körperlich herausgefordert werden, erhält unser Gehirn die Botschaft, dass etwas unsere Aufmerksamkeit braucht und wir etwas tun müssen, und zwar normalerweise sofort. Der Bereich des Gehirns, der sich Amygdala nennt, ist dafür verantwortlich, dass wir Angst empfinden und dass wir wissen, wie wir uns in einem solchen Moment verhalten müssen. Wenn sich uns also ein wütender Hund nähert, aktiviert das die Amygdala und die schreit: »Aahh! Ach du grüne Neune: EIN HUND!« Als Nächstes nimmt die Amygdala Kontakt zum restlichen Gehirn auf, damit es die Vorgänge aktiviert, die uns helfen, uns vor der bedrohlichen Situation zu schützen.

Wenn ihr schon einmal den Ausdruck »Kampf oder Flucht« gehört habt, könnt ihr euch ungefähr vorstellen, was unser Gehirn auslöst, wenn wir uns angegriffen fühlen. Es pumpt Blut in unsere Muskeln, damit wir uns mit diesen entweder verteidigen (wenn wir uns dafür entscheiden, zu kämpfen) oder wegrennen können (wenn wir uns dafür entscheiden, uns aus dem Staub zu machen). Unser Gehirn schickt den Befehl an unser Herz, mehr Blut zu pumpen, was unseren Herzschlag und unseren Blutdruck erhöht. Außerdem gibt es Hormone an unser Blut ab, wie zum Beispiel Adrenalin für mehr Energie und Endorphine, damit wir genug Selbstvertrauen haben, um uns zu verteidigen. Diese Hormone zusammen mit der erhöhten Durchblutung erklären, warum wir in einer beängstigenden Situation so unruhig sind. (Das Gleiche passiert übrigens auch, wenn wir jemanden sehen, in den wir verknallt sind, aber aus etwas anderen Gründen!)

Unser Körper nimmt stressige Situationen also als Bedrohungen wahr, die man auf zwei Arten beseitigen kann: indem man kämpft oder wegrennt.

Hier eine Zeichnung von einigen Bereichen unseres Gehirns und für was sie verantwortlich sind.

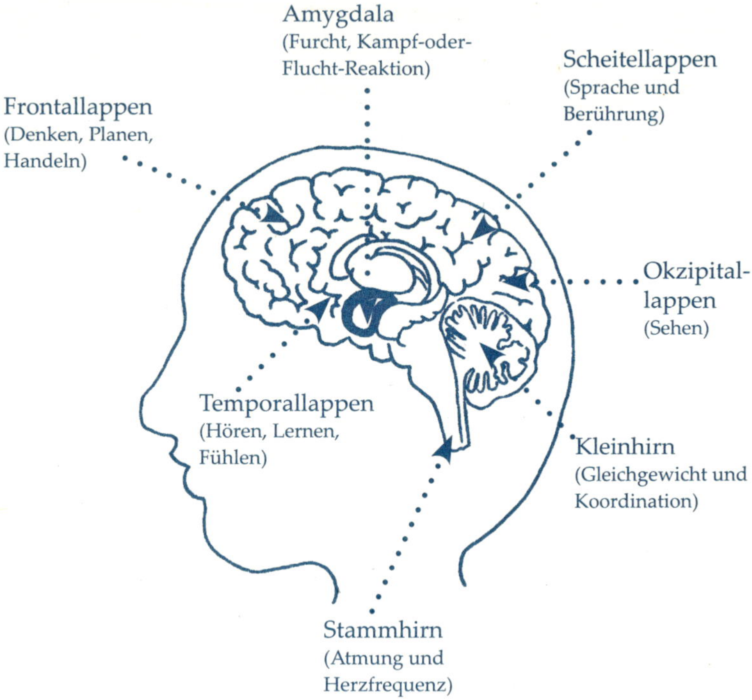

Aber was ist nun mit dem emotionalen Stress? Wie reagieren unser Gehirn und unser Körper darauf?

Für unser Gehirn ist emotionaler Stress das Gleiche wie körperliche Bedrohung. Wenn wir eine emotionale Bedrohung oder eine stressige Situation erleben, bekommt unser Gehirn die Botschaft: Stress in vollem Gange! Und auch wenn emotionaler oder psychologischer Stress etwas anderes ist als ein einmaliges Erlebnis wie der Zusammenstoß mit einem wütenden Hund, beginnt das Gehirn trotzdem damit, hormonelle Botenstoffe an den Körper zu senden, damit dieser uns vor dem beschützt, was unser Gehirn als emotionalen Angriff interpretiert.

Der Unterschied bei emotionalem oder psychologischem Stress ist der, dass unser Gehirn nicht aufhört, uns auf diese Weise zu unterstützen, egal wie lange die Situation andauert. Euer Gehirn ist also für eine sehr lange Zeit ständig in Alarmbereitschaft. Je nach Auslöser für den Stress kann das ein dauerhafter Zustand bleiben.

Das Bemerkenswerte an unserem Gehirn ist die Tatsache, dass es uns in stressigen Situationen so unterstützt, dass wir in der Schule und zu Hause wie immer funktionieren können, sodass der dauerhafte Stress nicht auf unser gesamtes Leben übergreift. Das Gehirn kann nämlich mehrere Dinge gleichzeitig verarbeiten, wodurch es uns möglich ist, uns in der Schule, auf Partys und im Alltag bei der Hausarbeit oder bei Freizeitaktivitäten für kurze Zeit abzulenken. Auf diese Weise können wir andere Dinge genießen und unser Leben weiterführen, auch wenn wir die Sache, die uns gerade so stresst, weiterhin im Hinterkopf haben.

Doch es gibt einen Haken: Bei jedem funktioniert das Gehirn leicht unterschiedlich und jeder reagiert anders auf Stress. Manche Menschen reagieren auf den Tod eines Haustiers so, dass sie für eine Woche am Boden zerstört sind, danach aber schnell wieder darüber hinwegkommen und es sie dann kaum noch berührt. Sie vermissen ihr Haustier vielleicht noch und werden hin und wieder ein wenig traurig, aber nach kurzer Zeit ist für sie wieder alles in Ordnung. Das ist völlig normal. Andere Menschen brauchen sehr lange, um den Tod des Haustiers zu verarbeiten. Sie sind vielleicht monatelang traurig darüber. Auch das ist völlig normal.

Wie bestimmte Menschen auf Stress reagieren, hängt von vielen Dingen ab. Dabei spielt zum Beispiel eine Rolle, welche Charakterzüge ihr von euren Eltern vererbt bekommen habt. Aber es hängt auch von eurem Umfeld ab und davon, welchen Umgang mit den eigenen Gefühlen eure Familie euch beigebracht hat. Eure Reaktion darauf hängt genauso davon ab, über was ihr in der Situation noch die Kontrolle habt und welche emotionalen Fertigkeiten ihr besitzt, die euch helfen, schwere Zeiten zu überstehen. Außerdem ist Stress kumulativ, was bedeutet, dass Stress sich immer weiter anhäuft, besonders dann, wenn ihr vorherigen Stress noch nicht komplett bewältigt habt. Stressfaktoren können sich also aufeinandertürmen und wir können deswegen viel heftiger reagieren, als wir es getan hätten, wenn wir uns mit nur einer stressigen Sache herumschlagen würden.

Haben Jungs und Mädchen die gleichen Gefühle?

Zwar sind die Gehirne von Männern und Frauen nicht identisch, trotzdem unterscheidet sich die Verarbeitung von Stress und Gefühlen bei Jungs und Mädchen nicht wirklich. Wenn die Leute also der Meinung sind, dass Mädchen sich mehr aufregen als Jungs, liegt das vor allem an unserer kulturellen und gesellschaftlichen Prägung, nicht etwa an unseren Genen oder der Anatomie unserer Gehirne.

Stressige Situationen wirken sich auf Jungs genauso aus wie auf Mädchen. Wenn man einen geliebten Menschen verliert, verarbeitet das Gehirn das als großen Verlust, egal ob man ein Junge oder ein Mädchen ist. Wenn euch jemand beleidigt, es auf auch abgesehen hat und ständig fertigmacht, ist das sehr schmerzhaft. Wenn man das Gefühl hat, nicht verstanden zu werden und einfach anders zu sein, ist das nichts, was man einfach so wegsteckt. Und wenn man jemanden sehr gernhat, der dieses Gefühl aber nicht auf die gleiche Weise erwidert, führt das zu Liebeskummer, egal was wir tun oder wer wir sind. Und zu weinen ist eine ganz normale Reaktion auf all diese Dinge – ganz egal, ob man ein Junge oder ein Mädchen ist. »Jungs weinen nicht« ist eine verstaubte Erwartung von früher, doch natürlich können und sollten Jungs weinen und tun das auch.

Weinen ist ein wichtiger Mechanismus, um Traurigkeit oder Trauer auszudrücken, und es gibt sogar

Studien, die belegen, dass beim Weinen das Stresshormon Cortisol ausgeschüttet wird, was einem dabei hilft, sich wieder besser zu fühlen.

Unterdrückte Gefühle hingegen können auf Dauer zu psychischen und körperlichen Erkrankungen führen. Man sagt, starke Gefühle sind wie Urin: Man kann versuchen, sie zurückzuhalten, doch irgendwann kommen sie doch heraus. Habt also keine Angst davor, Gefühle zu zeigen. Und sprecht mit euren Eltern, einem Freund, einem Lehrer oder einem anderen Erwachsenen eures Vertrauens über sie.

Was er dazu sagt …

»Die Angst war jahrelang mein ständiger Begleiter. Ich habe emotionale Erlebnisse vor mir selbst klein geredet, indem ich versucht habe, sie rational zu begründen. Wenn ich zum Beispiel wütend war, dachte ich oft, dass der Grund dafür einfach keinen Streit wert war. So habe ich das viele Jahre lang durchgezogen – und als ich später eine Therapie gemacht habe, musste ich feststellen, dass dieses Vermeiden eine noch tiefere Angst in mir geschürt hat. Heute arbeite ich intensiv daran, Gefühle direkt auszuleben und auszuhalten, auch wenn sie mir unangenehm sind. Ich habe mir verschiedene Atemübungen antrainiert, die mir dabei helfen. Doch am wichtigsten ist, dass ich gelernt habe, einfach laut zu sagen, was ich denke und fühle, wie zum Beispiel: »Ich bin wütend, weil …«. Das hilft mir dabei, meine Gefühle zu verarbeiten.«

Wie zeigt sich emotionaler Stress?

Wenn wir einer stressigen Situation ausgesetzt sind, geht es nicht mehr um Kampf oder Flucht, sondern um etwas, das eure Gefühle betrifft. Hier ein paar Sachen, die wir in solchen Momenten erleben können, besonders dann, wenn der Stress eine Zeitlang anhält oder wir einfach nicht wissen, wie wir gefühlsmäßig mit dem Stress umgehen sollen.

1. **Körperliche Veränderungen**
   - Bei Stress können wir zu-, aber auch abnehmen. Manche essen mehr als normalerweise, manche haben überhaupt keinen Appetit mehr.
   - Manchen tut alles weh und sie sind ständig müde.
   - Manche haben Schwierigkeiten, sich zu konzentrieren oder einen klaren Gedanken zu fassen.
2. **Traurige Gefühle**
   - Manche fühlen sich trostlos und verlieren das Interesse an Dingen, mit denen sie sich vorher gerne beschäftigt haben, wie zum Beispiel Hobbys, Freunden oder schulischen Aktivitäten.
   - Das Leben kann einem sinnlos vorkommen und man hängt lieber zu Hause herum, als rauszugehen und etwas zu unternehmen. Selbst aus dem Bett zu kommen und sich anzuziehen kann einem da schon schwerfallen. Es kann sich sogar so anfühlen, als würde man sich durch hohen Schlamm kämpfen müssen.

3. **Wütende Gefühle**
   - Manche fühlen sich reizbar, ungeduldig und wütend, manchmal sogar völlig ohne jeden Grund oder auch ganz plötzlich.
   - Manche haben das Bedürfnis, sich selbst oder anderen wehzutun, Gegenstände herumzuwerfen oder kaputt zu machen.

All diese Anzeichen und Gefühle sind Reaktionen unseres Körpers und unseres Gehirns auf Stress. Nach und nach können diese Gefühle immer stärker werden, und wenn wir keine Wege finden, mit ihnen fertigzuwerden, kann es passieren, dass wir unseren Körper, unser Gehirn und unsere Beziehungen zu anderen Menschen zerstören.

Wenn sich Trauer in Depression verwandelt

Plötzliche Gewichtszunahme oder plötzlicher Gewichtsverlust, begleitet von anhaltender Müdigkeit, Trostlosigkeit und dem Verlust des Interesses an Dingen, die wir vorher supergerne gemacht haben, können auch Anzeichen für einen Zustand sein, den man als Depression bezeichnet. Depressionen sind etwas anderes als bloße Trauer.

Wenn ihr euch länger als zwei Wochen am Stück traurig und trostlos fühlt, solltet ihr unbedingt mit einem Arzt, einem Elternteil oder Lehrer darüber sprechen und ihnen sagen, dass ihr möglicherweise depressiv seid. Auch wenn ihr das Gefühl habt, völlig grundlos furchtbar traurig zu sein, solltet ihr mit jemandem darüber sprechen. Man wird euch helfen und bei einer Depression ist es sehr wichtig, frühzeitig mit jemandem zu sprechen, bevor sich das Ganze zu einem größeren Problem entwickelt, mit dem ihr dann nur noch schwer alleine zurechtkommt.

Stressbewältigung

Eines der wichtigsten Dinge, die man bei emotionalem Stress verstehen muss, ist, dass es Methoden gibt, ihn zu bewältigen, also zu beseitigen, auch wenn es einem so vorkommt, als wäre das völlig unmöglich. Traurigerweise wissen viele von uns nicht, wie das auf eine gesunde Art und Weise funktioniert. Stattdessen wenden wir oft sehr ungesunde Methoden an, um Stress zu bewältigen und uns besser zu fühlen.

Wut

Stress kann dazu führen, dass wir wütend werden, auch wenn Wut überhaupt nicht dabei hilft, den Stress zu bewältigen. Wut kann ein hilfreiches Gefühl sein, wenn es uns signalisiert, dass uns etwas stört oder etwas nicht in Ordnung ist, und uns dazu motiviert, etwas an der

Situation zu verändern, in der wir uns befinden. Die Sache bei emotionalem Stress ist aber die, dass dieser sich meistens von Wut nicht vertreiben lässt. Und manche übertragen ihre Wut auch auf andere, indem sie sie anschreien, sie schlagen oder mit Worten oder Taten gemein zu ihnen sind. Das verringert aber nicht die Ursache des Stresses und kann tatsächlich sogar zu noch mehr Stress führen, auch wenn sich der wütende Mensch im ersten Moment vielleicht sogar besser fühlt. Übergriffig zu sein oder seine Wut auf andere zu übertragen verursacht mit der Zeit nur noch mehr Stress. Wenn ihr euch also so verhalten solltet, wenn ihr gestresst seid, dann atmet einmal ganz tief durch und versucht, andere Wege zu finden, das zu bewältigen, was auch immer euch gerade so fertigmacht. Mit jemandem zu reden, dem ihr vertraut, kann sehr dabei helfen, und fast jeder von uns hat sich schon einmal genauso wütend gefühlt. Ihr seid also nicht allein damit.

Wenn Wut zu Gewalt führt

Es ist niemals in Ordnung, wenn euch jemand schlägt oder auf eine andere Art verletzt, nur weil derjenige wütend ist, auch nicht, wenn er behauptet, es wäre eure Schuld, und auch nicht, wenn es ein Elternteil, eins eurer Geschwister oder ein Freund ist, der das tut. Wenn ihr in eurem Zuhause oder in irgendeiner Beziehung verängstigt seid, ist es euer Recht, den Mund aufzumachen, damit euch jemand davor schützt. Wenn ihr euch in irgendeiner gewalttätigen Situation befindet oder jemanden kennt, dem es so geht, zögert nicht und bittet sofort jemanden um Hilfe. Sprecht mit einem Erwachsenen eures Vertrauens oder wendet euch an die *Nummer gegen Kummer*: 116 111 (anonym und kostenlos vom Handy und Festnetz; montags – samstags von 14–20 Uhr).

Ablenkung

Manche Leute trinken Alkohol, nehmen Drogen oder schalten gedanklich vor dem Fernseher ab, um mit den Gefühlen fertigzuwerden, die durch stressige Situationen verursacht werden. Diese Ablenkungen funktionieren für den Moment, aber helfen tatsächlich nicht dabei, Schwierigkeiten zu überwinden.

Wenn Alkohol oder Drogen zu einem Problem werden

Drogen und Alkohol bewirken schon beim ersten Mal erhebliche Veränderungen in unserem Gehirn. Wir empfinden dabei bestimmte Gefühle, weil die Substanzen darin chemische Stoffe aktivieren und die normalen Vorgänge unseres Gehirns damit außer Kraft gesetzt werden. Manche Leute glauben, dass sie superstark sind, oder werden total selbstbewusst, wenn sie Drogen genommen oder Alkohol getrunken haben, oder sie entwickeln das starke Bedürfnis, mit den Gedanken vollkommen abzuschweifen. Mit der Zeit wird das Gehirn süchtig nach Drogen oder Alkohol, was bedeutet, dass man sich danach sehnt, auch wenn man glaubt, auch ohne auszukommen und es nicht wirklich zu brauchen. Abhängigkeit kann auch orientierungslos machen und euch dazu bringen, euch vollkommen darauf zu fixieren, wie ihr an mehr von der Droge oder an mehr Alkohol kommen könnt. Abhängige treffen oft furchtbare Fehlentscheidungen und zerstören damit ihre Beziehungen zu anderen Menschen, ihr körperliches Wohlergehen und ihre mentale Gesundheit. Wenn ihr das Gefühl habt, ohne Drogen oder Alkohol nicht mehr zurechtzukommen, holt euch so schnell wie möglich Hilfe. Die Anonymen Alkoholiker sind eine gute Anlaufstelle, wenn man abhängig ist: www.anonyme-alkoholiker.de Wenn jemand bei euch zu Hause oder in eurem Leben Alkohol trinkt oder Drogen nimmt und ihr euch dadurch unwohl fühlt oder euch ängstigt, müsst ihr damit nicht allein fertig werden. Sprecht mit jemandem, dem ihr vertraut, oder wendet euch an Alateen, eine anonyme Organisation, die Menschen hilft, die unter der Abhängigkeit anderer leiden. Ihr findet sie auf der Website al-anon.de unter https://al-anon.de/fuer-neue/familienkrankheit/alateen-fuer-jugendliche/

Was er dazu sagt …

»Die schlimmste Erfahrung mit Alkohol, die mein Leben wirklich verändert hat, hatte ich, als ich auf der Uni war. Mein Bruder kam zu Besuch und am ersten Abend haben wir zusammen eine ganze Menge getrunken. Das ganze Wochenende lang ging es mir richtig schlecht. Noch heute wird mir allein von dem Geruch von Whiskey schlecht. Mein Verhalten an diesem Abend hat meinen Umgang mit Alkohol für immer verändert.«

Gesunde Stressbewältigung

Wut, Alkohol, Drogen und exzessives Fernsehen sind alles ungesunde Bewältigungsmethoden. Wie sieht also eine gesunde Stressbewältigung aus?

Glücklicherweise gibt es viele andere Dinge, die wir tun können. Zum Beispiel könnt ihr lernen, euch in einer stressigen Zeit anderen Menschen anzuvertrauen, indem ihr aktiv den Kontakt zu anderen sucht, anstatt euch zurückzuziehen, wenn ihr mit etwas zu kämpfen habt. In der Einsamkeit werden Stress und Trauer immer größer und wir müssen aus ihr heraustreten, um Licht und Hoffnung in unseren Kopf und unser Herz zu lassen. Nicht jeder fühlt sich wohl dabei, andere um Hilfe und Unterstützung zu bitten. Aber denkt immer daran, dass die Menschen in der gesamten Menschheitsgeschichte immer in Gemeinschaften gelebt haben, weil es ihnen so möglich war, sich gegenseitig zu unterstützen. Gemeinschaft bedeutet, dass man von Leuten umgeben ist, die euch und eure Familie kennen, und die auf eine Weise für euch da sein können, mit der ihr euch wohlfühlt. Vielleicht habt ihr das in eurer Gemeinde schon einmal bei einer Naturkatastrophe wie bei einem Feuer oder einem Hochwasser erlebt. Habt ihr gemerkt, wie die Leute sich in diesem Moment gegenseitig geholfen haben? Nicht nur die Feuerwehrleute und die Polizei können helfen, auch alle anderen Menschen können das und tun es auch ziemlich oft.

Habt keine Angst davor, eure Gefühle anderen mitzuteilen. Wenn es euch unangenehm ist, mit jemandem aus eurer Familie zu sprechen, überlegt, welchem Lehrer ihr genügend vertraut, um mit ihm zu sprechen. Manchmal kann man sich auch an die Eltern eines Freundes wenden, was auch ein sicherer Raum für euch sein kann.

Eine andere Methode, Stress zu bewältigen, ist es, an

Veranstaltungen teilzunehmen, bei denen viele Leute zusammenkommen. Es ist gut und hilft uns, uns mit anderen Menschen zu umgeben, um harte Zeiten nicht alleine bewältigen zu müssen. Indem wir das tun, finden wir gleichzeitig auch heraus, wer in solchen Momenten für uns da ist.

Seit Tausenden von Jahren haben Religionen Rituale entwickelt, die in stressigen Phasen hilfreich sein können. Manche davon können euer Leben auch außerhalb eines formellen Rahmens bereichern, falls Kirchen nicht euer Fall sein sollten, und euch in stressigen Zeiten helfen.

Hier ein paar der nützlichen Seiten davon, Teil einer Gemeinschaft zu sein, wenn man Stress ausgesetzt ist.

1. **Hilfe.** Wart ihr schon einmal auf einer Freizeit oder einer Klassenfahrt und hattet Heimweh? Oder habt ihr euch in der Schule schon einmal furchtbar über etwas geärgert? Eventuell habt ihr dann schon einmal erlebt, was eine Gemeinschaft so alles für euch tun kann, wenn ihr Hilfe braucht. Gemeinschaften sorgen dafür, dass man sich nicht einsam fühlt. Leute um sich zu haben kann euch auf eine gesunde Weise ablenken und euch helfen, eure Gefühle in einem größeren Kontext zu betrachten und besser zu verstehen, als wenn ihr versuchen würdet, alleine damit klarzukommen. In engen Gemeinschaften kommen die Leute bei einem zu Hause vorbei und bringen Essen mit, wenn jemand gestorben ist oder ein Baby ge-

boren wurde, und sorgen dafür, dass sich jemand um die kleineren Kinder kümmert, damit die Erwachsenen sich in Ruhe unterhalten und alles organisieren können, ohne sich Sorgen ums Kochen oder um die Kinder machen zu müssen. In solchen Momenten ist es wirklich eine große Hilfe, von hilfsbereiten Menschen umgeben zu sein, und Gemeinschaften machen das möglich.

2. **Fokus.** Wenn wir gestresst sind, kommt es uns manchmal so vor, als könnten wir an nichts anderes mehr denken als an die Sache, die uns stresst. Auf eine entspannte, ruhige Weise beisammenzusitzen bringt uns dazu, unsere negativen Gedanken abzuschütteln und etwas Neues in unser Gehirn aufzunehmen. Es bringt uns dazu, uns auf etwas anderes als unseren Stress zu konzentrieren, also unseren Fokus zu verlagern. Das hilft unserem Gehirn dabei, die Stressdynamik zu durchbrechen, die wir erleben. Die Trauer, Frustration, Verzweiflung oder Wut, die wir in dieser Zeit möglicherweise empfinden, werden unterbrochen – wenigstens für einen kurzen Moment –, was eurem Gehirn ermöglicht, die stressigen Dinge zu verarbeiten.
3. **Positive Selbstbestätigung.** Sprecht doch mal im Stillen darüber, was eigentlich gerade bei euch los ist, und konzentriert euch dabei auf das, was euch glücklich und dankbar macht. Das mag euch vielleicht unlogisch erscheinen, wenn man doch gerade etwas Schlimmes erlebt, aber es ermöglicht uns, trotz

allem Schlechten, das uns widerfährt, in unserem Kopf und in unserem Herzen einen Platz für die Dankbarkeit für die Dinge zu finden, die gut laufen. Die Gedanken von dem »alles läuft scheiße« zu »manches läuft scheiße, aber manches auch nicht« zu verlagern, ist ein guter Anfang, wenn man seinem Gehirn aus einem Strudel aus Stress heraushelfen will.

4. **Meditation.** Viele religiöse Traditionen beinhalten auch eine Form der Meditation, besonders im fernöstlichen Raum. Meditation ist eine Form des Zuhörens. Es gibt sehr viele Meditationstechniken, aber die Grundidee bei allen ist, mit dem aufzuhören, was man gerade tut, und einen stillen Raum für sich zu finden, an dem man mit seinen Gedanken allein sein und dabei tief und langsam atmen kann. Bei manchen Techniken hört man einer Person zu, die einen durch eine Atemübung führt, bei anderen sitzt man einfach nur da und versucht, sämtliche Gedanken aus seinem Kopf fernzuhalten. Es gibt auch Meditationstechniken, bei denen man sehr langsam herumläuft und über jeden Schritt, den man macht, genau nachdenkt – klingt cool, oder? Und dass wissenschaftliche Studien gezeigt haben, dass Meditation das Immunsystem stär-

ken und Ängste und Depressionen abbauen kann, ist noch viel cooler! Meditation ist also eine Win-win-Situation für eine gesunde Stressbewältigung.

Eine andere Möglichkeit, auf gesunde Weise mit Stress umzugehen, ist es, etwas Körperliches oder Produktives zu tun, statt seine Wut in sich hineinzufressen oder mit Gewalt und Aggressionen darauf zu reagieren. Wenn man beim Üben, Trainieren oder bei einem Wettbewerb Energie abbaut, sorgt das dafür, dass sich Stress und Anspannung verringern. Sportler reden manchmal von dem sogenannten »Läuferhoch«, wenn sie trainieren, und wenn man seinen Körper so richtig fordert, kann man sich dabei auch irgendwie »high« fühlen. Für diejenigen unter euch, die sich schnell gestresst, wütend oder angespannt fühlen, ist die körperliche Betätigung beim Sport eine gesunde und sichere Methode, überschüssige Energie und negative Gefühle loszuwerden. Manchmal mache ich einen schnellen Spaziergang oder gehe joggen, wenn ich gestresst bin, und fühle dabei richtig, wie die negativen Gefühle mit jedem Schritt weniger werden. Sportler zu sein hat auch seine stressigen Momente, aber mit körperlicher Betätigung, egal welcher, kann man einfach super Stress und Energie abbauen.

Gesunde Methoden anzuwenden, die das Gehirn von der ursprünglichen Stressquelle ablenken, sendet beruhigende Signale an den Körper. Glückshormone, die wegen des Stresses möglicherweise unterdrückt wurden,

können so freigesetzt werden. Wenn der Körper erst einmal mit dem Freisetzen dieser Hormone, wie zum Beispiel Serotonin und Dopamin, angefangen hat, wird all der negative Kram, der sich in unserem Gehirn und in unserem Körper herumtreibt, einfach zerschlagen. Und das Tolle an Glückshormonen ist, dass euer Gehirn süchtig nach ihnen ist: Wenn es sich erst einmal wieder ein wenig besser fühlt, hilft es euch dabei, dass ihr euch nach und nach für immer längere Phasen wieder gut fühlt.

Stressbewältigung aus eigener Kraft

Manchmal hat man das Gefühl, dass es alles nur noch schlimmer macht, wenn man sich in schwierigen Zeiten mit anderen Menschen umgibt. Es ist völlig normal, auch einfach einmal allein sein zu wollen, und uns allen steht hin und wieder Zeit mit uns allein zu, vor allem, wenn wir gerade mit etwas zu kämpfen haben. Zeit mit uns allein kann tatsächlich sehr wichtig sein, um zu lernen, wie man persönlich am besten Stress bewältigt, besonders dann, wenn wir nicht Teil einer Gemeinschaft sind oder einer Religion angehören.

Wie können wir also gesunde Bewältigungsstrategien in unser Leben integrieren, wenn wir nicht von einer Gemeinschaft umgeben sind oder in solchen Momenten lieber allein sind? Das ist einfacher, als ihr jetzt vielleicht denkt, und meistens müsst ihr dafür noch nicht einmal euer Zimmer verlassen. Oft braucht man dazu bloß die Dinge, die ihr sowieso ständig griffbereit habt, sowohl bei euch zu Hause als auch in eurem Inneren.

Eine Grundregel, um sich eigene Techniken zur Stressbewältigung anzueignen, ist es, sich bei allem, was man tut, mit dem Prinzip der Achtsamkeit vertraut zu machen, über das wir bereits beim Thema Ernährung gesprochen haben. Achtsamkeit bedeutet, wertzuschätzen, was gerade in eurem Leben los ist, und sich selbst so weit zu entschleunigen, um die Veränderungen, die eigentlich die ganze Zeit über stattfinden, wahrzunehmen. Alle nun folgenden Beispiele, wie ihr euch bewusst macht, was genau in diesem Augenblick vor euren Augen geschieht, und wie ihr das, was ihr als positiv betrachtet, würdigen könnt, sind ein guter Einstieg.

Hier ein paar meiner Lieblingsmethoden, die man allein anwenden kann (aber auch gemeinsam mit einem Freund, wenn man das will!), um Stress zu bewältigen.

1. **Stress einfach abschütteln.** Jedes Mal, wenn ihr etwas macht, das nicht zu eurer Alltagsroutine gehört, wird euer Gehirn wachgerüttelt. Das ist, als würdet ihr eurem völlig gestressten Gehirn zurufen: »Hey, du! Lass uns was Neues ausprobieren!« Selbst die kleinste Veränderung eurer Routine kann ein guter Anfang auf dem Weg zu einer gelungenen Stressbewältigung sein. Geht an einen Ort, an dem ihr noch nie zuvor wart. Ändert den Weg zu eurem Klassenzimmer. Erkundet einen Park, den ihr noch nicht kennt. Esst etwas, das ihr noch nie gegessen habt. Probiert eine neue Nagellackfarbe aus. Verpasst euch einen neuen Haarschnitt (aber fragt vorher bitte eure Eltern!). Ich habe es früher geliebt, mein Zimmer umzuräumen. Ich habe dann immer meine Puppen und Bücher in meinen Regalen umgestellt oder meine Poster umgehängt, einfach nur, um etwas zu verändern. Jede noch so kleine Veränderung kann euch guttun!
2. **Perspektivwechsel.** Positives Denken und »Selbstgespräche« klingen vielleicht albern, aber ihr wärt überrascht, wie oft es bereits wissenschaftlich bewiesen wurde, dass es tatsächlich funktioniert, um unsere

Stimmung zu heben und die negativen Auswirkungen von Stress zu verringern. Das Internet ist voller inspirierender Zitate, und wenn euch eins davon besonders gut gefällt, schreibt es euch auf euren Spiegel oder irgendwohin, wo ihr jeden Tag regelmäßig draufschaut. (Eins meiner Lieblingszitate findet ihr am Ende dieses Abschnitts.) Ruft euch sooft, wie ihr es für euch braucht, ins Gedächtnis: *Das Leben ist nie perfekt*. Jeder hat seine ganz eigenen Probleme. Wenn ihr euch schlecht fühlt, denkt daran, dass es immer wieder aufwärtsgeht. Ihr werdet euch bald wieder besser fühlen, auch wenn ihr euch das in einem traurigen Moment nicht vorstellen könnt. Flutet euer Gehirn mit positiven Dingen.

3. **Natur.** Die Wunder der Natur werden seit dem Beginn der Menschheitsgeschichte gefeiert. Die Ozeane, Seen und Flüsse, die Berge, Hügel und Täler, die Wolken, der Himmel und all die anderen Wunder haben Poeten, Maler, Rabbis, Priester, Imame und Mönche begeistert, seit Menschen auf der Erde wandeln. Die Natur bewirkt auf ihre Art, dass wir uns sehr klein fühlen (Es gibt so viele Sterne und Planeten da draußen, wie kann ich da von Bedeutung sein?!), aber auch, dass wir uns sehr groß fühlen (Das Universum ist so riesig und ich bin ein Teil davon – wow!). Versucht, euch jeden Tag eine kleine Dosis Natur zu gönnen. Betrachtet eine Blume, an der ihr normalerweise einfach vorbeilaufen würdet. Bewundert, wie sich die Verzweigungen eines Baums auf der Suche nach

Nährstoffen in den Himmel in Richtung des gigantischen Feuerballs winden, den man Sonne nennt. Folgt einem Blatt, das vom Wind durch die Straßen getragen wird. Nehmt euch einen Moment Zeit, um zu würdigen, dass all das nicht von Menschenhand gemacht, sondern das Produkt der Herrlichkeit der naturwissenschaftlichen Welt und der Naturgewalten des Universums ist. Ihr solltet euch dadurch zugleich bescheiden und selbstbestimmt fühlen, und es kann sich superpositiv auf eure gesamte Stimmung und Einstellung auswirken.

4. **Bewegt euch.** Studien haben gezeigt, dass es die Stimmung spürbar heben kann, wenn man sich angewöhnt, immer mal wieder fünfzehn Minuten um den Block zu laufen. Indem ihr euren Körper bewegt und ein paarmal in der Woche seinen Herzschlag erhöht, werden die Durchblutung und die Sauerstoffzufuhr angeregt, was dazu führt, dass mehr Glückshormone ausgeschüttet werden und euer Körper darauf trainiert wird, immer mehr davon zu wollen. Tanzen ist eine tolle Möglichkeit, sich zu bewegen, und mit toller Musik fühlt es sich überhaupt nicht nach Arbeit an. Wenn laufen und tanzen nicht euer Ding ist, fangt mit einer Sportart an, die ihr schon immer einmal ausprobieren wolltet. Wenn sie euch dann doch nicht gefällt, ist das gar nicht schlimm! Der entscheidende Punkt ist, dass ihr euren Körper so bewegt, wie euch gerade danach ist.

Wenn Jungs tanzen

Wenn ihr an einen tanzenden Menschen denkt, habt ihr bestimmt direkt eine Frau im Kopf, oder? Oder vielleicht auch einen Mann, der ziemlich niedergemacht wird, weil er so gerne tanzt. Männer waren schon immer Teil der verschiedensten Tänze: von altertümlichen Tanzritualen und Tänzen von Ureinwohnern bis hin zu Ballett, Jazztanz oder Hip-Hop. Habt ihr schon einmal von Fred Astaire gehört? Oder den Nicholas Brothers? Mikhail Baryshnikov? Savion Glover? Dem Film *Billy Elliot*?! Das sind einige der berühmtesten Tänzer aller Zeiten, die ihr euch alle unbedingt einmal ansehen solltet! Diese männlichen Tänzer haben eine unglaubliche Statur und ein tolles Lungenvolumen, und sie haben alle für sich eine Möglichkeit gefunden, wie sie auf kreative Weise ihren Aggressionen und Gefühlen Ausdruck verleihen können. Tänzer sind unglaublich stark und hart im Nehmen. Probiert es doch einfach selbst einmal aus – ihr werdet schon sehen!

1. **Kunst.** Kunstwerke zu erschaffen oder etwas über Kunst zu lernen sind tolle Möglichkeiten, den eigenen Horizont zu erweitern und den kreativen Bereich eures Gehirns zu füttern, was eure Stimmung enorm verbessern kann. Zu zeichnen, zu malen oder auch zu töpfern kann eine sehr therapeutische Wirkung auf uns haben. Ich höre gerne Musik, die ausdrückt, wie

ich mich gerade fühle, besonders dann, wenn ich traurig bin. Ich spiele auch gerne Klavier, weil ich glaube, mit meinen Gefühlen besser umgehen zu können, wenn ich sie aus mir herausspiele. Manchmal schreibe ich auch auf, wie ich mich gerade fühle, und manchmal schreibe ich auch Gedichte, weil ich die Herausforderung mag, die richtigen Worte für einen Reim zu finden, der meine Gefühle widerspiegelt. Während meiner Schulzeit war die Poesie für mich ein sicherer Ort, an dem ich zum Beispiel meine Gefühle für Mischa zum Ausdruck bringen konnte, den Jungen, in den ich so verknallt war, der aber meine Gefühle nicht erwidert hat. Als Erwachsene habe ich angefangen, Collagen aus Bildern, Plunder, Stoffen und allen möglichen anderen Dingen herzustellen, die bei mir zu Hause so herumliegen, weil es beruhigend ist, kreativ zu sein, und es dem Gehirn einen richtigen Energieschub verpasst.

2. **Meditieren.** Wie ich vorher bereits erwähnt habe, ist Meditation etwas, das man gut alleine und zu jeder Tageszeit mit nur wenig oder gar keiner Vorbereitung machen kann. Eine einfache Sitzmeditationsübung läuft ungefähr so ab: Setzt euch gerade auf einen Stuhl. Ihr solltet es bequem haben und euer Rücken und euer Nacken sollten vollkommen entspannt sein. (Ihr könnt euch zum Meditieren auch auf den Rücken legen, aber das Entscheidende ist, dass ihr dabei nicht einschlaft, und immer, wenn ich mich hinlege, neige ich dazu, direkt einzuschlafen!) Schließt eure Augen

und achtet auf eure Atmung. Atmet langsam und tief und versucht, euch ganz auf eure Atemzüge zu fokussieren. Dass euch auch andere Gedanken im Kopf herumspuken, ist völlig normal, zum Beispiel darüber, was es wohl zum Abendessen geben wird, welche Hausaufgaben ihr aufhabt oder wie süß Wie-hieß-sie-oder-er-noch-gleich heute beim Sportunterricht ausgesehen hat. Selbst mit einer Menge Meditationserfahrung denke ich heute immer noch ständig über das Abendessen oder die Toiletten nach, die noch geputzt werden müssen, und manchmal denke ich dabei auch an einen süßen Typen. Glaubt mir, es ist wirklich verdammt schwierig, an nichts anderes zu denken. Das Ziel ist es, sich nicht darüber zu ärgern, dass die Gedanken abschweifen. Lasst sie einfach vorüberziehen, ohne euch dafür fertigzumachen, dass ihr euch nicht fokussieren könnt. Ihr sollt einfach versuchen, insgesamt weniger nachzudenken. Denkt daran, dass es Menschen gibt, die ihr Leben lang üben, um das zu perfektionieren, und die Mönche mancher Religionen ihr Leben wortwörtlich dem Ziel verschrieben haben, das Meditieren zu meistern. Es ist also alles andere als einfach! Genau wie man zuerst Muskeln aufbauen muss, um eine Sportart zu erlernen oder Gewichte heben zu können, so braucht man auch für Meditation viel Übung und man muss dabei auch den mächtigsten »Muskel« unseres Körpers beanspruchen: unser Gehirn!

3. **Kleine Freuden.** Wenn ich traurig oder gestresst bin, heitern mich oft kleine Dinge wieder auf, wie zum Beispiel eine Tasse Tee zu trinken oder einem Freund einen Brief oder eine Mail zu schreiben, mit dem ich lange nicht mehr gesprochen habe, den ich aber sehr vermisse. Oder ich nehme ein Bad oder benutze meine Lieblings-Bodylotion, die richtig gut riecht – vielleicht liegt das daran, dass ich mir das Bad mit vier anderen Leuten teilen musste, bis ich fünfzehn war, sodass ich es heute sehr genieße, Zeit für mich allein im Bad verbringen zu können! Wenn ihr mir versprecht, nicht zu lachen, verrate ich euch eine meiner albernsten, aber liebsten kleinen Freuden ... In meinem Schreibtisch bewahre ich einen Ordner mit Bildern von süßen Tieren auf, die ich einfach liebe. Es sind vor allem Bilder von Affen und Katzen, die ich aus Zeitschriften ausgeschnitten habe. Immer wenn ich eine Aufmunterung brauche, sehe ich sie mir an. Ich weiß, es ist albern, aber es ist eine Freude, die mich kein Geld kostet und für die ich keine Mitgliedschaft in irgendeinem Club brauche, und ich kann sie mir jederzeit ansehen. Bei mir bewirkt es wirklich Wunder, mir einen Affen mit Brille auf der Nase und einem Hut auf dem Kopf anzusehen, und ich weiß, dass mir mein Gehirn sehr dankbar für diese Dosis Niedlichkeit ist. Einfache Freuden können eine große Wirkung auf uns haben, deshalb ist es wichtig, dass ihr herausfindet, wie ihr euch selbst hin und wieder so eine kleine Freude bereiten könnt.

Ein paar inspirierende Zitate

»Eine Frau ist wie ein Teebeutel – du weißt nicht, wie stark sie ist, bis du sie in heißes Wasser hältst.« – *Eleanor Roosevelt*

»Es gibt zwei Arten, für Licht zu sorgen: Man kann die Kerze sein oder der Spiegel, der sie reflektiert.« – *Edith Wharton*

»Die besten und schönsten Dinge auf dieser Welt kann man weder sehen noch berühren, sondern nur im Herzen spüren.« – *Helen Keller*

»Bedenke: Nicht zu bekommen, was man will, ist manchmal ein großer Glücksfall.« – *Dalai Lama*

»Mach das Beste aus dir selbst, indem du die Funken der Möglichkeiten in Flammen der Erfolge verwandelst.« – *Golda Meir*

»Mach den ersten Schritt im Vertrauen. Du brauchst nicht den ganzen Weg zu sehen. Mach einfach den ersten Schritt.« – *Dr. Martin Luther King Jr.*

Meditation als Inspiration

Hier ein paar Meditationsübungen, die man machen kann, wenn man alleine ist und dabei ruhig und tief atmet. Fünf Minuten täglich reichen bereits aus, damit der Körper viel entspannter auf Stress reagiert.

1. **Den Atem lokalisieren.** Konzentriert euch ganz darauf, wo ihr eure Atmung spürt. Fokussiert euch dabei zunächst darauf, wie euer Bauch sich ausdehnt, wenn er beim Einatmen die Luft wie ein Ballon aufnimmt. Atmet durch die Nase und spürt, wie die Luft eure Nasenflügel kitzelt. Atmet dann langsam durch den Mund wieder aus und spürt den Luftzug an euren Lippen. Wiederholt die langsamen und tiefen Atemzüge einige Male. Das Ziel ist es, sich dabei völlig zu entspannen und die Atembewegungen nicht zu erzwingen.
2. **Ein- und ausatmen.** Versucht, eure Atemzüge zu zählen und alles außer der Zahl aus euren Gedanken zu verbannen. Beim ersten Einatmen sagt ihr euch »einatmen eins« und beim ersten Ausatmen »ausatmen eins«, atmet dann ein zweites Mal tief ein und sagt euch »einatmen zwei«, atmet wieder aus und sagt euch »ausatmen zwei« und so weiter. Wie weit könnt ihr zählen, ohne die Konzentration zu verlieren? Wenn ihr abgelenkt werdet, lasst euch davon nicht stressen! Beginnt einfach wieder von vorne und versucht, mehr Atemzüge als vorher zu schaffen.

3. **Wie lange könnt ihr atmen?** Verlangsamt eure Atmung und atmet ruhig und tief ein und aus, ohne den Atem dabei anzuhalten. Zählt mit, wie lange ihr einatmen könnt, und dann, wie lange es dauert, bis ihr die Luft wieder komplett ausgeatmet habt. Normalerweise kann man länger aus- als einatmen. Schafft ihr es, fünf Sekunden lang einzuatmen und dann sieben Sekunden lang auszuatmen? Und schafft ihr es danach, noch etwas ruhiger zu atmen und sechs Sekunden lang einzuatmen und acht Sekunden lang auszuatmen? Ihr solltet euch dabei nie außer Atem fühlen. Das Ziel ist es, euren Körper so zu trainieren, dass ihr langsamer atmet und eure Gedanken auschaltet, um euch zu entspannen, während ihr euch ganz auf eure Atmung konzentriert.
4. **Lauft herum!** Wenn euch meditatives Laufen lieber ist, denkt daran, dass ihr hierbei die Augen geöffnet lassen müsst! Geht an einen Ort, an dem ihr ungefähr zehn Schritte in einer geraden Linie gehen könnt. Es sollte ein ruhiger Ort sein, wie zum Beispiel ein leerer Hausflur oder ein Garten oder Park. Hebt einen Fuß und macht einen Schritt, der so langsam ist, dass ihr euch dabei mit dem anderen Bein ausbalancieren müsst. Im ersten Moment kommt ihr euch dabei vielleicht komisch vor, aber die Idee dahinter ist, dass man sich achtsam und bewusst bewegt. Setzt als Erstes eure Ferse auf und rollt dann den restlichen Fuß

langsam auf den Boden ab. Lasst euch Zeit damit, den anderen Fuß zu heben. Versucht erst, wahrzunehmen, wie es sich anfühlt, wieder mit beiden Beinen auf der Erde zu stehen, und verlagert dann langsam euer Gewicht auf den vorderen Fuß, damit ihr dann in Ruhe den anderen anheben könnt. Während ihr ihn hebt, denkt darüber nach, wie es sich für euch anfühlt, die Ferse zuerst vom Boden zu lösen und dann erst den restlichen Fuß folgen zu lassen. Hebt ihn ganz langsam und balanciert dieses Mal auf dem anderen Fuß. Beginnt wieder von vorne, atmet bewusst und spürt wieder nach, wie es sich anfühlt, auf beiden Beinen zu stehen. Nun kommt der zweite Schritt! An die folgenden Worte zu denken kann euch bei der Meditation helfen: »heben« (während ihr langsam den ersten Fuß anhebt), »absetzen« (wenn ihr den Fuß wieder absetzt), »verlagern« (wenn ihr euer Gewicht auf den anderen Fuß verlagert), »heben« (wenn ihr dann den hinteren Fuß anhebt) und »absetzen« (wenn ihr ihn wieder auf den Boden absetzt).

Stressbewältigung mit der Hilfe anderer

Was gibt es noch für Methoden, um mit Stress umzugehen? Wenn ihr so gestresst seid, dass ihr euch nicht mehr auf eure Hausaufgaben konzentrieren könnt oder der Stress zu Problemen in deiner Familie oder zu Streit mit deinen Freunden führt, kann es helfen, mit einem Elternteil oder einem Vertrauenslehrer zu sprechen. Es kann auch hilfreich sein, mit jemandem außerhalb der Schule zu sprechen, der darin ausgebildet wurde, anderen bei Problemen zu helfen. Einer der revolutionärsten Denker der Welt war ein österreichischer Neurologe namens Sigmund Freud, der vor etwa einhundert Jahren gelebt hat. Freud war der erste Mensch in der Geschichte, der beschrieben hat, dass es helfen kann, um Belastung und Stress abzubauen, wenn man seine Probleme laut ausspricht. Zusammen mit einem weiteren Arzt, Josef Breuer, hat Freud gezeigt und bekanntgemacht, dass es Menschen helfen kann, ihre Gefühle und Sorgen zu verarbeiten, wenn sie mit jemandem, zu dem sie eine Beziehung aufgebaut haben, über diese sprechen. Man überträgt dabei einen Teil seines Schmerzes auf diese Person, die einem dann dabei helfen kann, ihn zu verarbeiten. Dies war der Beginn der sogenannten Psychoanalyse, die die Grundlage für das ist, was wir heute Psychotherapie oder Gesprächstherapie nennen.

Wenn wir gestresst sind, haben wir oft Schlafprobleme oder wir grübeln die ganze Zeit über eine Sache nach. Manche Menschen bringt diese Art von Stress dazu, bestimmte Dinge ständig zu wiederholen, um damit klarzukommen. Das kann dann immer schlimmer werden und diese Menschen stark in ihrem Leben einschränken. In einem solchen Fall kann neben der Psychotherapie auch die sogenannte kognitive Verhaltenstherapie helfen. Diese Form der Therapie ist eher für eine kurze Zeit gedacht und verfolgt ein ganz konkretes Ziel. Dabei muss man auch mit einem Therapeuten sprechen, aber auch Arbeitsblätter ausfüllen und »Hausaufgaben« machen. Sie hilft einem dabei, die Gründe für bestimmte Gedanken zu verstehen und produktivere Wege zu finden, Stress zu verarbeiten.

Die wissenschaftliche Grundlage für die Gesprächstherapie und die kognitive Verhaltenstherapie ist dieselbe: Indem wir unser Verhalten ändern und unsere Gedanken auf etwas anderes lenken, können wir die chemische Zusammensetzung unseres Gehirns verändern und dadurch besser mit Stress umgehen. Eine Therapie ist kein Wundermittel. Es ist wichtig, regelmäßig zu den Therapiestunden zu gehen und Fragen zu stellen, wenn man mit etwas nicht einverstanden ist oder man etwas gesagt bekommt, das einem unangenehm ist. Das Wichtigste ist, dass man sich bei der Therapie und in dem Gespräch mit dem Therapeuten wohlfühlt. Wenn ihr nicht das Gefühl habt, der Person euch gegenüber alles anvertrauen zu können, bittet darum, zu einem anderen Therapeuten gehen zu dürfen, damit ihr jemanden findet, dem gegenüber ihr ganz offen und ehrlich sein könnt.

Viele Krankenkassen bezahlen solche Therapien. Es kann einem zwar manchmal ein wenig Angst einjagen, über seine Gefühle zu sprechen, aber es kann euch wirklich helfen. Allein das Gespräch mit einem Vertrauenslehrer ist bereits ein sehr guter Anfang, da viele auch in therapeutischen Grundlagentechniken geschult sind.

Abgesehen von Therapien habt ihr bestimmt auch schon davon gehört, dass manche Leute Medikamente nehmen, wenn sie gestresst sind. Diese werden normalerweise von einem Psychiater verschrieben, einem Arzt, der auf menschliche Gefühle und die Medikamente spezialisiert ist, die diese beeinflussen können. Aber auch von manchen Kinderärzten werden sie verschrieben. Sie können dein Gehirn tatsächlich dazu bringen, mehr Glückshormone auszuschütten, doch sie können auch starke Nebenwirkungen verursachen und eignen sich oft nicht für Körper, die sich noch in der Wachstumsphase befinden. Medikamente werden oft dann verschrieben, wenn andere Methoden nicht dabei geholfen haben, den Stress zu bewältigen, oder wenn die Auswirkungen von Stress dazu führen, dass jemand mit der Schule und der Beziehung zu anderen Menschen nicht mehr klarkommt und den Alltag nicht mehr bewältigen kann. Man sollte wissen, dass es nicht unbedingt nötig ist, solche Medikamente für immer zu nehmen. Manchmal helfen sie Leuten dabei, eine schwere Phase zu überstehen. In dieser Zeit können sie lernen, mit anderen Methoden zurechtzukommen, und die Medikamente später wieder absetzen. Nur ihr und eure Eltern könnt mit der Hilfe eines Arztes entscheiden, was das Beste für eure Familie ist, und häufig kann auch eine Gesprächstherapie hilfreich sein, wenn Medikamente verschrieben wurden.

Auf den Punkt

Falls ihr jetzt glaubt, dass ich mir diese ganze Bewältigungssache nur ausgedacht habe, teile ich jetzt etwas sehr Persönliches mit euch. Ihr kennt mich vielleicht aus dem Fernsehen oder eure Eltern haben euch dieses Buch gekauft, weil sie mich aus dem Fernsehen kennen, doch ich bin ein echter Mensch, der schon eine ganze Menge durchgemacht hat, eben auch sehr stressige Zeiten. Als ich ein Kind war, besaß meine Familie nicht viel Geld und das Leben war nicht leicht für mich. Zusätzlich habe ich auch sehr viele Tränen darüber verloren, dass ich oft in jemanden verknallt war und meine Gefühle nicht erwidert wurden, und in der siebten Klasse ist dann auch noch meine Katze gestorben, die mich über meine gesamte Kindheit hinweg begleitet hat, was viele von euch bestimmt auch schon erlebt haben. Außerdem war ich sehr klein für mein Alter und ich bin erst spät in die Pubertät gekommen, weswegen ich oft gehänselt wurde. Ich habe viel geweint und mich mein ganzes Leben lang aus vielen Sachen ausgeschlossen gefühlt und manchmal fühle ich mich auch als Erwachsene noch so. Meine Familie hatte auch sehr viele Geheimnisse, die mir oft große Angst gemacht haben.

Vor ein paar Jahren habe ich mich scheiden lassen und im gleichen Jahr bin ich auch umgezogen, zwei der Dinge auf der Liste der stressigsten Ereignisse im Leben, von der ich euch am Anfang dieses Kapitels erzählt habe. Im gleichen Jahr hatte ich auch noch einen Autounfall und musste mehrmals operiert werden. Im darauffolgenden Jahr starb mein Vater nach einer schweren Krankheit, ich machte eine schlimme Trennung durch und meine dreizehn Jahre alte Katze musste eingeschläfert werden. Das sind ziemlich viele große Stressfaktoren, oder?

Alle Methoden zur Bewältigung von Stress, von denen ich euch in diesem Kapitel erzählt habe, habe ich selbst schon ausprobiert und ich wende sie meiner emotionalen und geistigen Gesundheit zuliebe noch immer regelmäßig an. Sie helfen mir aber auch dabei, mich körperlich gesund zu halten, denn Stress kann auch den Körper schwächen.

Das sind die Dinge, die ich ein paarmal in der Woche mache:

- Ich gehe mehrmals die Woche spazieren.
- Ich versuche, Zeit in der freien Natur zu verbringen und hin und wieder einfach mal einen Baum zu umarmen.
- Ich gehe in die Synagoge und bete dafür, mit meinen Mitmenschen und mit Dingen, die mich nerven, geduldig zu sein. Ich bete auch für eine bessere Perspektive auf das Leben, wenn ich sie brauche.
- Ich achte auf eine tiefe Atmung und versuche, jede Woche einige Male zu meditieren, während ich auf meinem Bett sitze und den Geräuschen um mich herum lausche, selbst wenn es nur Autolärm und meine eigenen wirren Gedanken sind.
- Ich überwinde mich dazu, mich mindestens einmal in der Woche mit einer Gruppe aus meiner Gemeinde zu treffen, um mich nicht von anderen abzugrenzen.
- Ich erstelle jeden Tag eine Liste mit den Dingen, für die ich dankbar sein kann, auch wenn das hin und wieder nur einige wenige sind, wie sauberes Trinkwasser und meine Katze, die mich braucht.
- Ich spiele Klavier und singe dazu traurige Lieder, um mich daran zu erinnern, dass ich nicht alleine bin. Eine Menge Musiker zeigen in ihren Liedtexten, dass sie auch schon einmal traurig waren. Mir Musik mit Texten anzuhören, die zu meiner Stimmung passen, hilft mir, schwierige Momente zu verarbeiten.
- Ich gehe jede Woche zur Therapie, um mit jemandem über meine Gefühle sprechen zu können, auch wenn es mir schwerfällt und ich mich überwinden muss.

- Ich folge ein paar Instagram-Accounts, die positive Zitate teilen, damit ich mich selbst immer daran erinnern kann, dass ich in Ordnung bin, so wie ich bin, auch wenn mir beim Durchscrollen meines Feeds ständig Personen begegnen, die scheinbar ein viel geordneteres Leben führen – oder schönere Frisuren oder Outfits haben – als ich. Die Zitate helfen mir dabei, zu erkennen, dass man geduldig sein muss, wenn man gerade schwierige Zeiten durchmacht, und dass diese mit harter Arbeit und mit der Zeit auch wieder vorübergehen.
- Und vergesst nicht meinen Ordner mit den Bildern von niedlichen Affen und Katzen …

Keine der Methoden, die ich anwende, um Stress zu bewältigen, wirken auf Anhieb. Aber mit Geduld und mit der Zeit helfen sie und auf lange Sicht tragen sie zu meinem allgemeinen Wohlbefinden und meiner geistigen und körperlichen Gesundheit bei. Von einer gestressten Person zur anderen: Ich hoffe, ihr vertraut mir und findet für euch eine Methode zur Stressbewältigung, die euch glücklicher und zufriedener macht.

6 Wie wir unserem Leben Bedeutung verleihen

Wir haben jetzt schon eine Menge über die Details des Erwachsenwerdens gesprochen: Wie unsere Körper wachsen, womit wir unsere Zeit verbringen, wie wir etwas lernen, wie wir mit Dates und anderen Beziehungen umgehen, wie wir uns in harten Zeiten verhalten … Ich denke, wir haben schon sehr viel abgedeckt. Aber eine sehr wichtige Seite gibt es da noch, über die ich noch sprechen will und bei der es darum geht, sich für sein Leben Ziele zu setzen und über einige zukünftige Entscheidungen nachzudenken. Haben die kleinen und die großen Dinge, die wir tun, vielleicht einen Einfluss auf andere Menschen? Sollten sie das? Die grundlegende Frage ist natürlich: Sind wir für diese Welt von Bedeutung? Wenn ihr bereits der Meinung seid, dass wir von Bedeutung sind, dann stimme ich euch zu und freue mich darauf, euch Möglichkeiten aufzuzeigen, wie ihr diesen Glauben in Handlungen verwandeln könnt, die einen echten Beitrag für die Welt leisten können. Und wenn ihr euch unsicher seid, ob wir wirklich von Bedeutung sind, dann konzentrieren wir uns eben darauf, das zu ändern.

Die Entscheidungen, die wir treffen, und die Dinge,

die wir sagen und tun, können einen sehr starken Einfluss auf andere haben und es gehört zum Erwachsenwerden dazu, zu verstehen, wie genau das abläuft, und Wege zu finden, dies zu einem bedeutenden Teil eures Lebens zu machen. Herauszufinden, welchen Einfluss wir haben, kann unser Selbstbewusstsein und unser Gefühl von Zugehörigkeit und Sinnhaftigkeit stärken und uns dazu inspirieren, etwas zu bewirken.

Wenn wir darüber nachdenken, welchen Einfluss wir haben, beziehen wir das normalerweise auf unser gesamtes Leben und nicht nur auf den jetzigen Moment. Was wir heute und nächste Woche tun, ist wichtig, doch darüber nachzudenken, was danach geschieht, ist genauso wichtig. Eine Mischung daraus, bewusst im Hier und Jetzt zu leben und dennoch auch die Dinge zu realisieren, die sich nicht direkt vor unseren Augen abspielen, ist beim Erwachsenwerden von großer Bedeutung.

Die Zukunft

Eine Möglichkeit, das hinzubekommen, ist, sehr gründlich über die Zukunft nachzudenken – selbst wenn es nur für einen kurzen Moment ist. Und keine Sorge: Ich rede nicht davon, dass ihr jetzt sofort euer gesamtes Leben durchplanen sollt. Selbst wenn ihr es versuchen würdet, wüsste sowieso keiner, wie es dann wirklich ablaufen wird. Wenn ich sage, dass ihr über eure Zukunft nachdenken sollt, dann meine ich damit, dass es nie zu früh dafür ist, darüber nachzudenken, wie das eigene Leben als Erwachsener einmal aussehen soll.

Warum es so wichtig ist, über so etwas nachzudenken? Na ja … Weil die Entscheidungen, die wir heute treffen, unsere Zukunft stark beeinflussen. Und nein, für welche Sorte Eiscreme ihr euch heute Abend entscheidet, hat keinen Einfluss auf eure Zukunft, und dass ihr ein schlechtes Gewissen habt wegen des Zettels, den ihr heute in der Klasse über das fiese Mädchen geschrieben und weitergereicht habt, bedeutet nicht, dass euch das für den Rest eures Lebens verfolgen wird. Und ich werde auch ganz sicher nicht behaupten, dass ihr euch jede Chance auf ein eigenes Haus verbaut habt, weil ihr letzte Woche die eine Stunde geschwänzt habt.

Was ich euch wirklich sagen will: Wie ihr heute handelt, formt euer Leben und eure Einstellung zur Welt. Ob es nun heute Schokolade oder Vanille wird, ist egal, aber ihr wisst, welche Auswirkung es auf euren Körper hat, was ihr auf Dauer in euch hineinfuttert. Und der Zettel über das fiese Mädchen ist vielleicht auch nicht besonders wichtig, aber wie wir andere Menschen betrachten und ob wir uns auf Lästereien einlassen – oder auch nicht –, ist von großer Bedeutung. Und auch die geschwänzte Stunde ist nicht besonders dramatisch, aber Schuleschwänzen zu einer dauerhaften Gewohnheit werden zu lassen ist es auf jeden Fall.

Ihr müsst heute, morgen oder nächste Woche nicht den Rest eures Lebens bis ins kleinste Detail planen. Aber es wäre eine gute Idee, überhaupt einmal genauer über die Zukunft nachzudenken, denn indem ihr darüber nachdenkt und mit anderen darüber sprecht, legt ihr einen Grundstein dafür, eure Zukunft so zu gestalten, wie ihr sie euch erträumt.

Die Zeit nach der Schule

Die Schule abzuschließen ist ein großer Schritt, und wann immer ein solcher in eurem Leben stattfindet, kommt sofort die Frage auf: Und was jetzt?!

Eine der besten Übungen, um über die Zukunft nachzudenken, ist es, sich vorzustellen, was für ein Leben ihr als Erwachsene führen wollt. Wollt ihr zum Beispiel Mom werden? Könnt ihr euch vorstellen, wie das für euch wäre? Wollt ihr Ehemann und Vater werden? Wenn man sich dafür entschieden hat, eine Familie zu gründen, verändert sich das ganze Leben. Kinder zu bekommen ist der härteste Job, den ich jemals hatte – aber gleichzeitig auch der beste Job, den ich jemals gemacht habe. Wenn man Mutter wird, ändert sich das eigene Leben drastisch, und für ungefähr zehn Monate seid ihr dafür verantwortlich, ein Baby heranwachsen zu lassen. Wenn euer Bauch beginnt, sich zu wölben, werden selbst die einfachsten Dinge immer schwieriger und alles, was ihr esst oder trinkt, gelangt auch in den wachsenden Körper eures Babys. Das ist eine enorme Verantwortung! Die Geburt ist ein natürliches Ereignis und kann eine wundervolle Erfahrung sein, aber man sollte sie auch nicht auf die leichte Schulter nehmen. Ein Kind auf die Welt zu bringen ist eine große körperliche Belastung und man braucht einige Zeit, um sich davon wieder zu erholen.

Für die längste Zeit der Menschheitsgeschichte ist man davon ausgegangen, dass es der Job der Frauen ist, sich um die Kinder zu kümmern, doch es ist schon sehr lange her, dass Männer zur Jagd ausgezogen sind, während die Frauen bei den Kindern blieben und Körbe flochten. In modernen Beziehungen bringen sich die

Männer immer mehr ein, und Entscheidungen, die früher allein von dem Menschen getroffen wurden, der die Kinder zur Welt gebracht hat, werden heute gemeinsam getroffen.

Immer mehr Männer entscheiden sich dafür, sich aktiv an der Kindererziehung zu beteiligen, egal ob sie dafür zu Hause bleiben, während ihr Partner arbeiten geht, oder indem sie sich einfach mehr an der Kinderbetreuung und am Haushalt beteiligen. Auch wenn einige Dinge nur von einer Frau erledigt werden können (wie das Austragen des Babys in ihrem Bauch, die Geburt und das Stillen), sind Männer dennoch ein wichtiger Bestandteil der Familie, und es gibt keine Aufgabe, bei der sie nicht mithelfen könnten!

Denkt immer daran, dass sich, sobald ihr erst einmal ein Kind habt, euer gesamtes Leben für immer um seine Bedürfnisse drehen wird: füttern, anziehen, sicherstellen, dass sie zur Schule gehen und ihre Hausaufgaben machen und all das Zeug, das eure Eltern auch für euch tun.

Karriere machen könnt ihr auch noch mit Kindern, aber behaltet immer im Hinterkopf, dass sich immer jemand um eure Kinder kümmern muss, während ihr auf der Arbeit seid. Euer Job ist es auch, sich um die Betreuung eurer Kinder zu kümmern und diese zu bezahlen. Als Eltern trägt man eine riesige Verantwortung, und je besser ihr euch darauf vorbereitet, desto besser werdet ihr zurechtkommen. Und normalerweise trifft man diese Vorbereitung in seinen Zwanzigern oder später, also lasst euch Zeit!

Was er dazu sagt …

»Vater zu sein ist so bedeutsam. Eine der wichtigsten Dinge, die die Evolution hervorgebracht hat, ist die Eltern-Kind-Beziehung und die Bedeutung der Kindererziehung. Intensive Gefühle sind mir nicht fremd, doch ich kenne nichts, das mich emotional derart mitreißt wie das Vatersein.«

Wenn ihr an die Zukunft denkt, was stellt ihr euch vor, wo ihr leben werdet? Würdet ihr gern in eurem Heimatort bleiben? Ist es ein wichtiger Punkt bei eurer Entscheidung, wo ihr nach der Schule leben wollt, ob ihr in der Nähe eurer Familien seid? Wenn das nicht entscheidend ist, in welcher Stadt könntet ihr euch vorstellen, später einmal zu leben? Könntet ihr euch auch vorstellen, in einem ganz anderen Land zu leben? Wenn ihr euch nicht vorstellen könnt, wegzuziehen, würdet ihr dann dafür gerne einem Beruf nachgehen, bei dem man viel reist? Es gibt eine Menge Berufe, bei denen man viel unterwegs ist. Zum Beispiel, wenn man für ein Hotel- oder ein Reiseunternehmen arbeitet oder auch als Tänzer oder Sänger auf Kreuzfahrtschiffen oder in Hotelanlagen. Wenn ihr gerne verreist, denkt daran, dass es viele Möglichkeiten gibt, das zu einem festen Bestandteil eures Lebens zu machen.

Auch wenn euch all diese Entscheidungen noch unendlich weit weg erscheinen, kann es Spaß machen und eine gute Übung sein, die Gedanken ein paar Jahre in die Zukunft schweifen zu lassen.

Auch wenn es natürlich Berufe gibt, in die man gleich nach der Schule einsteigen kann – wie zum Beispiel in der Gastronomie, im Einzelhandel oder als Büroangestellter –, entscheiden sich dennoch viele Leute dafür, erst noch zu studieren. Mit einem Uniabschluss hat man mehr berufliche Möglichkeiten, verdient man häufig auch mehr Geld und hat größere Aufstiegschancen.

Wenn euch die normale Universität zu theoretisch ist oder eure Noten dafür zu schlecht sind, könnt ihr auch an einer Fachhochschule (FH) studieren. Offiziell heißen diese *Hochschulen für angewandte Wissenschaften (HAW)*, woran man auch erkennt, was der Unterschied zu einer normalen Uni ist: An einer FH kann man sich in »anwendungsnahe« Studiengänge einschreiben. Konkret sind das Studiengänge wie Angewandte Informatik, Soziale Arbeit, Nachhaltigkeitswissenschaften oder Ernährungswissenschaften. Zu fast jedem Studiengang gehört ein Praxissemester, in dem man seine an der FH erworbenen Kenntnisse in einem Betrieb in der Praxis anwendet. An einer Fachhochschule studieren auch viele sogenannte Seiteneinsteiger, denn man kann sich dort auch ohne Abitur einschreiben (mehr dazu findet ihr auf studieren-ohne-abitur.de).

An der Uni kann man einen Bachelor-, einen Master-Abschluss und später auch noch seinen Doktor machen (den kann man zwar auch in der Medizin machen, aber nicht jeder mit einem Doktortitel ist auch Arzt). Der

Master ist das, was früher der Magister, das Diplom oder die erste Staatsprüfung im Lehramt war, und steht als mittlerer Abschluss zwischen dem Bachelor und der Dissertation, also dem Doktortitel. Eine Dissertation kann man nur mit einem Master-Abschluss schreiben. Neben Naturwissenschaften und Sozialwissenschaften kann man auch sogenannte Geisteswissenschaften wie Germanistik, also die deutsche Sprache und Literatur, Geschichte oder Politikwissenschaften studieren. Möglich ist auch ein Studium einer Fremdsprache wie Französisch, Englisch oder Spanisch. Dabei lernt man nicht nur die Sprache, sondern auch viel über die Kulturen, in denen sie gesprochen werden. Mit dem sogenannten Erasmus-Programm kann man auch ein oder zwei Semester lang im Ausland studieren. Wer in Deutschland Lehrer werden will, muss auf Lehramt studieren und sich dabei in der Regel für zwei Fächer entscheiden, die er später unterrichten will. Zusätzlich zu den normalen Universitäten gibt es noch Kunst- oder Musikhochschulen, die sich speziell mit einem dieser Bereiche befassen. Viele Studenten arbeiten nebenher als studentische Hilfskräfte an ihrer Universität oder als Aushilfen oder Kellner. Es gibt aber auch die Möglichkeit, das sogenannte BAföG zu beantragen. Das ist ein staatliches Darlehen, das Studenten während ihrer Regelstudienzeit zusteht und von dem sie nach dem Studium die Hälfte wieder an den Staat zurückzahlen müssen.

Ich weiß, das ist wirklich viel, was man hierbei bedenken muss. Auch wenn ein Studium nichts für jeden von euch ist, ist es trotzdem gut, die Bandbreite der Berufsmöglichkeiten zu kennen, die man hat, wenn man sich für diesen Weg entscheiden sollte.

Kein Studium?

Manche Menschen entscheiden sich gegen ein Studium und es ist völlig okay, wenn man andere Interessen und Wünsche hat. Was gibt es also für Alternativen, wenn ihr nach der Schule nicht an die Uni wollt? Manche machen eine Ausbildung, um einen Beruf zu erlernen. Man kann zum Beispiel eine Ausbildung zum Elektroniker, Installateur, Schweißer, Koch oder Make-up- oder Hairstylist machen. Während man eine Ausbildung macht, geht man nebenher auch noch auf die Berufsschule, auf der man sich bestimmte Kenntnisse aneignet, die man für den Beruf benötigt. In der Ausbildung bekommt man bereits ein Gehalt. Man fängt also viel früher damit an, sein eigenes Geld zu verdienen, als Leute, die studieren. Da man in der Ausbildung manchmal noch ein sehr geringes Gehalt bekommt, steht auch Auszubildenden BAföG zu.

Manche entscheiden sich auch dafür, ihren Wehrdienst zu leisten. Manche entscheiden sich dafür, da man auch bei der Bundeswehr eine Berufsausbildung machen kann, bei anderen ist es eine Art Pflichtgefühl oder Familientradition, seinen Wehrdienst zu leisten. Zur Bundeswehr zu gehen ist ein großer Schritt und ihr solltet so früh wie möglich mit eurer Familie über diese lebensverändernde Entscheidung sprechen. Mit dem Einverständnis der Eltern kann man mit siebzehn Jahren seinen freiwilligen Wehrdienst leisten.

Seit die Wehrpflicht im Jahr 2011 abgeschafft wurde, entscheiden sich viele Jugendliche, die noch nicht wissen, wie es nach der Schule für sie weitergehen soll, für ein Freiwilliges Soziales oder Ökologisches Jahr. Bei einem Freiwilligen Sozialen Jahr arbeitet man ein Jahr lang in einer sozialen Einrichtung, wie zum Beispiel einer Kindertagesstätte, einem Altersheim oder engagiert sich für Flüchtlinge. Bei einem Freiwilligen Ökologischen Jahr arbeitet man ein Jahr bei einer Naturschutzorganisation oder im Bereich der Umweltbildung. Bei beidem erhält man eine finanzielle Aufwandsentschädigung, also eine Art Taschengeld.

Soziales Engagement

Das Wichtigste, um herauszufinden, wie euer Leben einmal aussehen soll und wie ihr ihm Bedeutung verleihen könnt, ist, eure Interessen herauszufinden. Eure Interessen helfen euch dabei, mehr über euch selbst und eure Umwelt zu lernen. Euer Gehirn benötigt eine Menge Informationen, damit ihr euch eine Meinung über bestimmte Dinge bilden könnt, und je mehr ihr lernt, desto besser könnt ihr eure Meinung auch anderen gegenüber vertreten und eine Veränderung in der Welt bewirken.

Was ist euch wichtig? Gibt es bestimmte Themen, die euch in den Nachrichten begegnet sind, die euch beschäftigen? Das können Themen sein wie Rassismus, Gewalt oder auch die Zerstörung der Umwelt oder die Unterdrückung bestimmter Völker auf der Welt. Vielleicht müsst ihr auch ständig an die Meldung denken, dass eine von ihrem Vorbesitzer misshandelte Katze auf der Straße gefunden wurde.

Solche Themen, die euch beschäftigen, können euch aber auch ganz direkt in eurer Nachbarschaft begegnen. Wenn ihr in einer Stadt lebt, dann wurde dort bestimmt schon oft darüber gesprochen, wie schlecht die Obdachlosen behandelt werden. Auch hat fast jede Stadt ein Problem mit Müll, der einfach illegal irgendwo abgeladen wird. Strände müssen gesäubert und Spielplätze repariert werden, und es gibt noch Dutzende andere Dinge, die wir für unsere Mitmenschen oder für die Umwelt tun können.

Solltet ihr je auf die Idee kommen, dass die Probleme unserer Gesellschaft und der Welt sowieso nicht mehr zu ändern sind, dann lasst euch von mir sagen: Ihr habt unrecht! Es gibt eine Menge, was wir noch tun können, und jede kleine Geste der Güte und Fürsorge macht einen Unterschied. Ihr seid nicht zu jung, um auch einmal darüber nachzudenken, was ihr der Gesellschaft, eurer Stadt oder eurem Land oder sogar der Welt zurückgeben könnt.

Selbst die kleinste Veränderung kann Großes bewirken. Hier ein paar gemeinnützige Projekte, die von Mädchen und jungen Frauen ins Leben gerufen wurden, die nicht viel älter waren als ihr jetzt, manche vielleicht sogar jünger.

- **Alex' Limonaden-Stand-Stiftung.** Alexandra »Alex« Scott war nicht einmal ein Jahr alt, als bei ihr ein Neuroblastom, eine Form von Krebs, gefunden wurde. Als sie vier Jahre alt war, startete sie ihre erste Spendenaktion in ihrem Vorgarten und sammelte dabei über zweitausend Dollar. Leider starb sie mit acht Jahren, doch in ihrem kurzen und kostbaren Leben

hat sie über eine Million Dollar für die Erforschung von Heilungsmöglichkeiten von Krebs bei Kindern gesammelt. Ihre Familie hat Alex' Mission weitergeführt und *Alex's Lemonade Stand* hat bis heute mehr als 120 Millionen Dollar für die Krebsforschung und zur Unterstützung von krebskranken Kindern und ihren Familien gesammelt.

– **Der Malala Fund.** Malala Yousafzai hat den *Malala Fund* mitbegründet, um ein Bewusstsein dafür zu schaffen, wie wichtig Schulbildung für Mädchen ist. Der Verein sammelt Spenden, um damit sichere Lernorte zu schaffen, Mädchen dazu zu befähigen, selbstbestimmter zu leben, um weitere Fortschritte in Hinblick auf Bildungsgerechtigkeit einfordern zu können.
– **Sole to Soul.** Diese Organisation wurde von den Scott-Schwestern (die Zwillinge Hayleigh und Vienna, 13 Jahre, und ihre zehn Jahre alte Schwester Sarah) gegründet, nachdem diese in den Nachrichten von dem Brand in einer Schule im afrikanischen Kenia gehört hatten. Sie bemerkten, dass alle Kinder in der Schule barfuß waren, und beschlossen, Geld zu sammeln und den Kindern dort so viele Schuhe zu schicken, wie sie nur konnten. Sie gingen in ihrer Nachbarschaft von Tür zu Tür und sammelten getragene Schuhe. Zusätzlich sammelten sie in ihrem Heimatort auch Spenden und erreichten eine Summe von 33 000 Dollar, mit denen sie Schuhe für 1500 Kinder kauften.

- **Positive Impact for Kids.** Als sie mit zwölf Jahren zu einer Herzuntersuchung in einem Krankenhaus war, bekam Leanne Joyce ein Geschenk von zwei dort ehrenamtlich tätigen Jugendlichen, was sie sehr berührt hat. Für diese freundliche Geste wollte sie selbst auch etwas zurückgeben und so gründete sie eine Organisation, die dabei hilft, die Wunschlisten von Kindern zu erfüllen, die in North Carolina und in der näheren Umgebung längere Zeit im Krankenhaus verbringen müssen. Es wurden bereits über 25 000 Dollar gespendet, die dazu genutzt werden, den Kindern das Leben im Krankenhaus so angenehm wie möglich zu gestalten.

Auch wenn all diese Organisationen keinen Krebs heilen oder allen Kindern zu einem eigenen Paar Schuhen verhelfen können und durch sie auch nicht jedes Mädchen zur Schule gehen darf, sind sie doch tolle Beispiele dafür, wie auch kleine Projekte einen enormen Einfluss auf andere haben können.

Ihr müsst nicht alle Probleme dieser Welt lösen, um einen Beitrag zu leisten. Und ihr müsst auch nicht die Welt retten, aber ihr solltet überlegen, was ihr bereits für Möglichkeiten habt, auf die ihr aufbauen könnt. Jedes Mal, wenn ihr jemandem mit Freundlichkeit und Güte begegnet, macht ihr die Welt ein kleines bisschen besser. Und man weiß nie, welche Bedeutung es für jemanden haben kann, wenn man ihm etwas Gutes tut. Vielleicht will derjenige dann auch wieder jemand anderem etwas dafür zurückgeben, dass ihr so freundlich zu ihm gewesen seid. So kann eure Geste eine Art Dominoeffekt auslösen – und auf diese Weise kann sie einen großen Einfluss auf viele Menschen haben.

So wie auch das Mädchen, das bei ihrer Untersuchung ein Geschenk bekommen hat und dieses mit anderen teilen wollte, könnt auch ihr euch für eine Sache sozial engagieren, an die ihr glaubt, und erleben, welchen positiven Einfluss euer Handeln auf andere haben kann. Wenn euch die Gründung einer Organisation oder das Sammeln von Spendengeldern für den Anfang zu viel des Guten ist, habe ich hier ein paar Beispiele dafür, mit welchen kleinen Gesten ihr dennoch Großes bewirken könnt:

1. **Spendet das, was ihr selbst nicht mehr braucht.** Seht eure Schränke und Schubladen und alle anderen Schränke und Schubladen bei euch zu Hause (mit der Erlaubnis eurer Eltern!) nach Dingen durch, die ihr nicht mehr benutzt, oder nach Kleidung, die euch nicht mehr passt. Ihr könnt auch gebrauchte Spielsachen und Kleider und eigentlich so gut wie alles andere, was nicht kaputt ist, einer Wohltätigkeitsorganisation spenden. Manche Organisationen haben eigene Secondhandläden, in denen sie diese Dinge dann verkaufen, um mit dem Geld die Wohlfahrt und die Menschen zu unterstützen, die dort arbeiten. In größeren Städten gibt es auch Stellen, an denen man gebrauchte Kleidung für Obdachlose spenden kann.

2. **Startet Sammelaktionen für Kleidung oder Lebensmittel.** Jedes Mal, wenn ihr euch in einer größeren Gruppe von Menschen aufhaltet, wie zum Beispiel in der Schule, bei Nachmittagsaktivitäten oder Veranstaltungen von Gemeinden oder Kirchen, habt ihr die Möglichkeit, viele Leute in ein Wohltätigkeitsprojekt einzubeziehen. Als ich fünfzehn war, habe ich eine Lebensmittelsammelaktion im Fernsehstudio gestartet, in dem wir gerade gedreht haben. In meiner Mittagspause habe ich überall Poster aufgehängt und Flyer an jeden verteilt. Beim ersten Mal habe ich einen ganzen Transporter voll an Konserven für Obdachlose zusammenbekommen. Die Leute fanden es großartig, sich daran zu beteiligen, und es war toll, als Teil einer Gruppe etwas auf die Beine zu stellen. Je mehr, desto besser!
3. **Sammelt ein Jahr lang euer Kleingeld.** Habt ihr schon einmal eine Münze auf der Straße gefunden? Oder habt ihr schon einmal in der Tasche der Hose, die ihr schon lange nicht mehr getragen habt, Kleingeld gefunden? Ich sammle jede Münze, die ich finde, in einem Marmeladenglas und spende nach zwölf Monaten alles, was darin ist. Manchmal spende ich das Geld an eine Wohltätigkeitsorganisation, manchmal kaufe ich damit etwas zu essen und zu trinken, das ich dann einem Obdachlosen schenke. Es ist nur ein kleiner Beitrag, den ich dabei leiste, aber irgendjemandem bedeutet er vielleicht eine ganze Menge.

4. **Hebt Müll auf, den ihr auf der Straße und in der Natur findet.** In jedem Park, in den ich gehe, und an jedem Strand, den ich besuche, liegt immer eine ganze Menge Müll herum. Euch geht es da bestimmt nicht anders. Das nächste Mal, wenn ihr Müll findet, ignoriert es nicht einfach, sondern hebt ihn auf und schmeißt ihn in die nächste Mülltonne. Nehmt am besten eine Tüte mit, wenn ihr an den Strand, in den Park oder zum Wandern in die Berge geht, und sammelt dabei all den Müll ein, den ihr findet. Ihr könnt dabei auch Plastiktüten als Handschuhe verwenden, wenn ihr so etwas wie eine klebrige Schokoriegelverpackung oder etwas Ähnliches aufheben wollt. Wenn jeder auch nur eine Handvoll Müll aufsammeln würde, würde längst nicht mehr so viel davon herumliegen! Es tut gut, zur Lösung und nicht zum Problem beizutragen, und auch wenn manche Orte so verschmutzt sind, dass es längst nicht ausreicht, hier und da etwas Müll aufzuheben, denkt immer daran, dass jede Verpackung zählt – denn das tut es!

Ehrenamtliche Arbeit

Seine Freizeit und Energie in eine sinnvolle Tätigkeit zu investieren ist eine tolle Möglichkeit, sich für andere stark zu machen. Wenn ihr euch ehrenamtlich für eine Sache engagiert, an die ihr glaubt, widmet ihr eure Freizeit der Arbeit in einer Organisation oder in einer

Gruppe von Menschen, die etwas auf praktische Weise verändern wollen. Ich habe in den Ferien schon ehrenamtlich dabei geholfen, Care-Pakete für Soldaten in Übersee zu packen, und ich habe bereits ehrenamtlich den Telefondienst und die Bürotätigkeiten für eine Organisation übernommen, die es sich nicht leisten konnte, jemanden für diese Arbeit zu bezahlen. Das Ehrenamt, das ich als Jugendliche am tollsten fand, war das in einem Seniorenzentrum.

Wieso gerade dieses? Na ja, wenn ihr auch ältere Menschen in eurer Familie oder in eurem Freundes- oder Bekanntenkreis habt, wisst ihr vielleicht bereits, dass es eine tolle Möglichkeit ist, etwas über die Welt und darüber, wie schnell sie sich verändert und immer verändern wird, zu lernen, wenn man Zeit mit Menschen verbringt, die schon viel mehr gesehen und erlebt haben als man selbst. Ich bin mit Großeltern aufgewachsen, die einen sehr starken Akzent hatten, da sie Einwanderer aus Osteuropa waren. Sie haben die vom Krieg zerrütteten Länder verlassen, um sich allen Widerständen zum Trotz in Amerika in Sicherheit zu bringen, und um unter den schwierigsten Bedingungen harter Arbeit nachzugehen, um Geld für sich und ihre Familien zu verdienen. Sie sind in einer Welt ohne Computer oder Mobiltelefone groß geworden – könnt ihr euch das vorstellen?

Ich glaube, dass man sehr viel davon hat, Zeit mit älteren Menschen zu verbringen. Als ich siebzehn war, lief ich also einfach in das Büro eines Seniorenzentrums in

Hollywood und fragte, ob ich dort ehrenamtlich arbeiten dürfte. Sie gaben mir einen Job, bei dem ich jedes Wochenende dabei geholfen habe, das Essen an ungefähr fünfzig Senioren auszuteilen.

Die Zeit, die ich mit den Menschen in diesem Seniorenzentrum verbracht habe, war unglaublich wertvoll für mich. Ich habe dort Freunde gefunden und viel darüber gelernt, wie all diese Leute nach Hollywood gekommen sind. Manche sind dort aufgewachsen, aber viele, denen ich ihr Essen gebracht habe, kamen aus vielen unterschiedlichen Ländern: Kuba, Armenien, den Philippinen. Es war echt ein Erlebnis, all diese unterschiedlichen Menschen kennenzulernen und mir anzuhören, was sie über ihr Leben zu erzählen hatten. Viele von ihnen hatten nicht viele Verwandte und manchmal war ich die Einzige, die sich noch mit ihnen unterhielt. Es hat mir ein gutes Gefühl gegeben, dass ich für sie da sein konnte, und an ihren lächelnden Gesichtern und ihren Umarmungen konnte ich erkennen, dass es ihnen genauso ging. Viele meiner neuen Freunde sprachen sehr langsam und ich habe gelernt, sehr geduldig und höflich zu sein, selbst wenn ich eigentlich noch andere Dinge zu tun hatte und wegmusste. Ich habe auch gelernt, Essen zu kochen und zu verteilen, und ich habe echtes Mitgefühl für diese Leute entwickelt, das mich mein ganzes Leben lang begleitet hat.

Ehrenamtliche Arbeit lässt euch am Leben anderer teilhaben und gibt euch die Chance, schon heute das Leben eines anderen Menschen positiv zu verändern.

Persönlichkeiten, die sich für andere einsetz(t)en

Reverend Dr. Martin Luther King Jr. war ein amerikanischer Baptistenpastor und Menschenrechtler. Er war der bedeutendste Führer der Menschenrechtsbewegung der 1950er- und der 1960er-Jahre. Er nahm sich den indischen Anführer der pazifistischen Bewegung Mahatma Gandhi zum Vorbild und wandte gewaltfreie Methoden an, um sich für die Rechte der schwarzen Bevölkerung einzusetzen. Dr. King widmete sein Leben den Reden, Protesten und der Führung einer Bewegung, die die politische Landschaft Amerikas und der Welt grundlegend verändert hat. Seine Rede »I have a dream« ist eine der wichtigsten der heutigen Zeit, da er in ihr alle Amerikaner dazu auffordert, von einer Zukunft zu träumen, in der niemand mehr anhand seiner Hautfarbe, sondern nur noch anhand seines Charakters beurteilt wird. Er erhielt 1964 den Friedensnobelpreis und wurde im Jahr 1968 auf dramatische Weise ermordet.

Liebe ist die einzige Kraft, die Feinde in Freunde verwandeln kann.

Der Dalai Lama ist bereits der 14. religiöse Führer, der diesen Titel trägt. Er wurde 1935 mit dem Namen Lhamo Thondup in Tibet geboren, einem Land, das heute zu China gehört. Er ist ein Mönch und das religiöse Oberhaupt der tibetanischen Buddhisten. Er wurde zum politischen Oberhaupt der Tibeter, als er erst fünfzehn Jahre alt war, nachdem China Tibet besetzt hatte. Als er vierundzwanzig Jahre alt war, musste er wegen politischer Auseinandersetzungen nach Indien fliehen, wo er bis heute als Flüchtling lebt. Er bereist die ganze Welt und hält Reden über die Rechte seines Volks, aber auch über wissenschaftliche Themen, Frauenrechte und Menschenrechte allgemein. Er nutzt sein religiöses und spirituelles Wissen, um den Menschen beizubringen, wie die verschiedenen Religionen besser miteinander umgehen können. Der Dalai Lama ist ein sehr weiser und großherziger Mann, der für sein Verständnis, seine Aufgeschlossenheit und seine Güte bekannt ist.

Malala Yousafzai kommt aus einer Familie, die sich für das Recht auf Bildung von Mädchen einsetzt, und war in Pakistan gleichzeitig stets von einer Kultur umgeben, die diese Forderung nicht unbedingt unterstützt. Sie begann mit elf Jahren, einen Blog zu schreiben, in dem sie über die Bedeutung von Bildung für ihre Gemeinde geschrieben hat. Im Alter von vierzehn Jahren gewann sie für ihren Einsatz eine Auszeichnung. Mit fünfzehn Jahren wurde sie von einem maskierten Schützen angeschossen und schwer verletzt, der sie davon abhalten wollte, sich weiterhin für die Rechte von Mädchen einzusetzen. Nach ihrer Genesung wurde sie zu einer Fürsprecherin für all die Millionen von Mädchen, die aufgrund von sozialen, finanziellen, rechtlichen oder politischen Gründen keinen Zugang zu Bildung haben.

Auf den Punkt

Der Prozess des Heranwachsens zu einer Frau oder einem Mann ist nicht einfach beendet, sobald man volljährig ist. Es ist eine lebenslange Reise, denn es geht darum, eine Grundlage dafür zu schaffen, Entscheidungen zu treffen, die euch zu einem gesunden und zufriedenen Menschen machen. Ihr habt so viele Möglichkeiten, was ihr als junge Menschen aus eurem Leben machen könnt, um ihm Bedeutung zu verleihen. In eurem Alter ist es wichtig, die Zukunft zu planen, indem man sich überlegt, wie man gerne leben würde und welche berufliche Laufbahn man gerne einschlagen würde, aber genauso wichtig ist es, sich zu überlegen, auf welche Weise man einen Beitrag für die Welt und die Gesellschaft leisten kann. Egal ob ihr Hausmann oder Mutter oder Bundespräsident/in werdet, ihr habt immer die Möglichkeit, einen positiven Einfluss auf die Menschen und die Welt um euch herum auszuüben. Dafür müsst ihr zunächst daran glauben, dass euer Handeln von Bedeutung ist, und dann einen Schritt nach dem anderen machen.

Noch ein paar nachträgliche Gedanken

Als ich damit begonnen habe, über dieses Buch nachzudenken, war ich mir sicher, dass ich über das nötige wissenschaftliche Hintergrundwissen verfüge, um euch mitzuteilen, was es aus biologischer Perspektive betrachtet bedeutet, eine Frau zu sein. Ich wusste genug über Hormone und Gene und sogar über Psychologie, um das Thema Pubertät und den körperlichen Prozess, der in dieser Zeit stattfindet, in Angriff nehmen zu können. Ich wusste genug darüber, wie das Gehirn neue Dinge lernt und Informationen verarbeitet, und ich war mir sehr sicher, dass ich genug Liebeskummer und Liebe in meinem Leben erfahren habe, um über Dates und romantische Gefühle und sogar etwas über Sex zu schreiben. Ich kannte die Methoden, mit deren Hilfe ich schon sehr schwierige Situationen bewältigt habe, und ich bin ein Mensch, der schon immer davon angetrieben wurde, einen positiven Einfluss auf die Welt zu haben. Ich war mir also sicher, dass ich es schaffen würde, euch diese Informationen auf unterhaltsame Weise zugänglich machen zu können.

Wie ich das alles aber unter einen Hut bringen sollte, darüber war ich mir alles andere als sicher – selbst darüber, ob ich das überhaupt schaffen würde. Wie hängt all das miteinander zusammen? Nahm ich mir damit mehr vor, als ich wirklich stemmen konnte? Sollte ich das Buch auf das Thema Pubertät beschränken? Oder auf die Stressbewältigung? Oder sollte ich einfach nur über mein Leben schreiben und wie ich es vom Kinderschauspieler zur Naturwissenschaftlerin geschafft habe?

Ich habe mir viele Gedanken darüber gemacht, ob ich es schaffen würde, jedes einzelne Kapitel zu einem Teil eines großen Ganzen zu machen. Vielleicht übernahm ich mich ja. Konnte ich wirklich Eierstöcke und das Büffeln für einen Physiktest und die Tatsache, dass ich andere Jungs gut fand als meine Freundinnen, irgendwie miteinander verbinden? Konnte ich irgendwie den Tod meiner geliebten Katze in einen Zusammenhang bringen mit meiner Leidenschaft zur Meditation oder meinem Händchen dafür, Halsketten zu basteln? Und gehören Kohlenhydrate und die ehrenamtliche Arbeit in einem Obdachlosenheim wirklich in dasselbe Buch? Worum ging es denn nun in diesem Buch? Ich begann wirklich, an der ganzen Sache zu zweifeln.

Während ich schrieb, begriff ich nach und nach, worum es wirklich in diesem Buch geht. Mit jedem Kapitel wurde es mir immer klarer. Wenn man darüber redet, was es bedeutet, erwachsen zu werden – wenn man also *Endlich blicken, wie wir ticken!* schreibt –, ist es unmöglich, auch nur einen dieser Punkte, die uns ausmachen, auszulassen. Denn wir sind nicht bloß ein Buch über ein bestimmtes Thema, das man mit einem halben Dutzend anderer Bücher zu anderen Themen parallel lesen muss. Es geht bei uns nicht allein darum, was wir essen und wen wir daten sollten, was wir anziehen oder warum wir uns für Naturwissenschaften interessieren sollten, oder eben auch nicht. Wir sind all das zusammen.

Wir bestehen aus unserer DNS und wir sind die Hormone, die uns durchfluten. Wir sind die Vitamine und Mineralien, die wir essen, und wir sind die Ängste und Sorgen, die wir uns über unser Essen machen. Wir bestehen aus den Unsicherheiten, die wir darüber haben, wie wir aussehen, und aus den Sachen, die wir tun, damit wir uns gut fühlen. Wir sind die Bücher, die wir lesen, und auch die, die wir nicht lesen wollen. Die Liebe, die wir empfinden, wenn wir unseren besten Freund oder unsere beste Freundin umarmen, und auch die Tränen, die wir weinen, wenn unsere Gefühle zu einer Person nicht erwidert werden, machen uns zu dem Menschen, der wir sind. Wir bestehen aus Kummer und Trauer und aus den Versuchen, dieser schwierigen Welt einen Sinn zu geben. Wir sind die Handlungen, mit denen wir die Ungerechtigkeiten, die uns begegnen, beseitigen, und wir bestehen aus so vielen Möglichkeiten, wie es Sterne am Himmel gibt.

Wir sind Körper, die arbeiten, Gehirne, die lernen, Herzen, die lieben, Seelen, die zweifeln, und Menschen, die von Bedeutung sind. Wir sind stark, schlau und spektakulär. Wir müssen keine Superhelden sein, um all das zu sein, was wir sein wollen. Wir müssen bloß wir selbst sein.

Wir wachsen in einer Welt auf, die uns vielleicht nicht immer versteht, aber je besser wir uns selbst verstehen und je besser wir in der Welt zurechtkommen, mit allem, was wir sind, mit allem, was wir aus uns machen, und mit allen Träumen, die wir haben, desto besser stehen die Chancen, dass wir den Einfluss haben werden, für den wir bestimmt sind. Danke, dass wir diesen Weg gemeinsam gehen.

Danksagung

Ich danke meiner wundervollen Lektorin, Jill Santopolo, dafür, dass sie auf mich zugekommen ist und mich darum gebeten hat, etwas über mein Leben und über die Weise, wie mein Gehirn funktioniert, zu erzählen, damit wir das einem Publikum junger Frauen zugänglich machen können. Jill, ich weiß es so sehr zu schätzen, dass du es mir ermöglicht hast, eine umfassende und ehrgeizige Abhandlung darüber zu entwerfen, was ich als das betrachte, was junge Frauen heute erfahren. Du hast mir beim Entwurf dieses Buches, das sicher viel gewaltiger ist, als du es dir anfangs vorgestellt hast, eine solche Freiheit gelassen, und ich danke dir dafür, dass du mich derart enthusiastisch begleitet und mir immer wieder Mut zugesprochen hast. Und ich danke dir auch dafür, dass du meine Begeisterung für Ausrufezeichen ein wenig gedämpft hast! Ich bin so stolz auf das, was wir gemeinsam geschaffen haben, und ich hoffe, dass wir damit viele Menschen positiv beeinflussen werden.

Ich möchte mich bei meinem Agenten Anthony Mattero (Foundry Media), meiner Komplizin, Freundin und Managerin Tiffany Kuzon (Primary Wave) und Sarah Lerner (Katz Golden Rosenman LLP) dafür bedanken, dass sie mir dabei geholfen haben, mit den geschäftlichen Aspekten des Buches zurechtzukommen. Ein besonderer Fistbump geht an meinen Mentor, Freund und Anwalt Shep Rosenman, der ein paar der »Was er dazu sagt«-Kommentare verfasst hat und manchmal auch als mein spiritueller Therapeut tätig ist.

Danke an die hellste Birne im Leuchter Heather Weiss Besignano von E2W Collective für ihre unentwegte Beratung und Unterstützung in Öffentlichkeitsfragen und ihre Cheerleading-Einlagen bei allem, was wir die ganze Zeit über tun, aber ganz besonders für ihre begeisterte Unterstützung auf der Mission, die Selbstbestimmung junger Frauen zu fördern.

Ein besonderer Dank geht an alle meine Teamassistenten, die so hart hinter den Kulissen arbeiten: Brandon Bonilla, Patricia Kennedy, Isabel Shanahan und Rebecca Malzahn. Taia Benamy in Jills Büro bekommt ein ganz besonderes Dankeschön mit einem Ausrufezeichen!

Ich danke Todd Malta, der alle E-Mails zu diesem Buch bearbeitet hat und in der Zeit, in der ich es geschrieben habe, auch alle anderen Dinge in meinem Leben geregelt hat, und auch danke für jeden inhaltlichen Kommentar und Vorschlag aufgrund der Tatsache, dass er der Dad von Quinn und Owen ist.

Neben unserer akribischen Korrektorin Ana Deboo möchte ich auch noch den *Powerhouse Woman* danken, die das Buch bezüglich ihres Fachgebiets durchgesehen haben. Ohne sie wäre das Buch nicht so präzise und sorgfältig geworden, wie es heute ist. Diese Frauen sind: die Neurowissenschaftlerin Dr. Lisa Aziz-Zadeh, die Gynäkologin Dr. Jessica Brown, die anerkannte Ernährungsberaterin Rachel Goodman, die Kinderärztin Dr. Lisa Nowell und die Schulpsychologin Dr. Samantha Winokur.

Jeder im Hause Penguin war so bemerkenswert und ich danke besonders dem Verleger Michael Green, Ellice Lee und Jenny Chung, die das Layout entworfen haben, und unseren unendlich geduldigen Umschlag-Designerinnen Lindsey Andrews und Maria Fazio, die das Cover gestaltet haben, das wahrlich alles widerspiegelt, was das Buch ausmacht. Ich hatte noch nie in meinem Leben so wenige Anmerkungen zu einem Buch – Penguin lag mit seinem Instinkt immer zu hundert Prozent richtig – und glaubt mir, ich gebe mir die größte Mühe, etwas zum Anmerken zu finden! Auch ein großer Dank geht an das Marketing-und-PR-Team von Penguin, deren Job es ist, dieses Buch zu so vielen Teenagern zu bringen wie nur möglich. Ich weiß diese Arbeit, die wir gemeinsam leisten, sehr zu schätzen, und ich bin sehr dankbar für die Bemühungen rund um mein Buch.

Siobhán Gallaghers und Kenton Hoppas' Illustrationen werten es enorm auf und mich berührt sehr, wie sorgfältig sie bei den Bildern waren, auf denen sie eine große Vielfalt von Mädchen und Jungen aller Formen, Größen und Hautfarben darstellen. Danke, Siobhán, und danke, Kenton.

Ich danke der Besetzung, den Mitarbeitern und der Crew von *The Big Bang Theory*. Stage 25 ist in den letzten sieben Jahren zu meinem Zuhause außerhalb von zu Hause geworden und ich bin so dankbar dafür, mit Leuten zusammenarbeiten zu dürfen, die lieben, was sie tun, und dabei auch noch so gut sind. Ein besonderer Dank an Kick-Tuchus-Comedienne, -Freundin, -Tochter, -Schwester, -Ehefrau und -Autorin: Melissa Rauch. Ich hätte mir keinen tolleren Menschen aussuchen können, um mir mit ihm ein Garderoben-Badezimmer zu teilen. Du hast mich durch eine dunkle Zeit geführt und dafür danke ich dir.

Es gibt ein paar Frauen, die ich gerne herausstellen möchte, da sie mir geholfen haben, zu der Frau zu werden, die ich heute bin. Mrs Ivy Cass, meine Grundschullehrerin für Englisch und Gymnastik, die mir beigebracht hat, wie eine Wilde zu buchstabieren und wie ein leidenschaftliches, sportliches und starkes Mädchen zu rennen. Ms Julie Drake, meine Theaterpädagogin in der Grundschule, die sowohl meine Liebe zu Kunst und Kreativität als auch meine starke Disziplin im Fach Theater gefördert hat. Dr. Firoozeh Rahbar, meine Privatlehrerin in Biologie, die in mir die Leidenschaft für die Naturwissenschaften entfacht hat und mir zu einem Leben als Neurowissenschaftlerin verholfen hat. Und schließlich Dr. Nancy Wayne, die nicht zugelassen hat, dass ich meine Dissertation abgebe, bevor sie nicht viel, viel besser war als die erste, zweite, dritte und vierte Version, die ich bei ihr abgegeben habe.

Rebbetzin Aviva Kohl und Allison »Jew in the City« Josephs haben mich Etikette, Bescheidenheit und Anmut gelehrt, und der uralte Ursprung dieser Gaben hat meine

Konzept von Wertigkeit, Würde und der göttlichen Fähigkeit, zu lieben und geliebt zu werden, nachhaltig geprägt.

Ich danke meiner Mutter, die sich auf die rauen Gewässer begeben hat, ein willensstarkes, oftmals schwieriges, extrem ungewöhnliches Mädchen als ihre Tochter großzuziehen. Mom, neben der Tatsache, dass du über das meiste in diesem Buch nie mit mir geredet hast (was ich dir für immer vorhalten werde), bin ich nur durch dich zu einer starken, schlauen und spektakulären Frau geworden. Ich weiß, Dad hat wohl auch seinen Teil dazu beigetragen.

Ich danke der Frau, die zwei liebevolle und freundliche Männer erzogen hat, von denen einer der Vater meiner Kinder ist: Sherrie Stone, du bist eine stete Quelle weiblicher Inspiration für mich. Ich danke dir.

Meiner Cousine Rebekah Goldstein möchte ich sagen: In den Jahren, in denen wir zusammen aufgewachsen sind, habe ich so viel gelernt – auch wenn ich sechs Jahre älter bin. Manchmal war es nicht ganz klar, wer von uns beiden erfahrener und reifer war! Danke, dass du in guten und in schlechten Zeiten stets meine Verbündete warst. Du bist die beste Streberin aller Zeiten!

Ich danke all den Frauen, die ich gelernt habe in mein Leben zu lassen, nachdem ich mich jahrelang vor der Nähe zu Frauen gefürchtet habe, und die mir dabei geholfen haben, die schwierige Aufgabe in Angriff zu nehmen, auch als Erwachsene noch an Herausforderungen zu wachsen. Diese schönen, leidenschaftlichen, intelligenten, liebevollen Frauen sind Kari »Pitzy« Druyen, Nancy Stringer und mein Buddy Elsa Rodarte.

Ich danke den Mitwirkenden von »Was er dazu sagt ...« Daniel Inlender (zuverlässigster Mensch aller Zeiten), Chad Jamian (Überbringer tagtäglicher Freude) und Noey Jacobson (mehr als nur ein hübsches Gesicht).

Immanuel Shalev, ich danke dir für deine Freundschaft, deinen Glauben in mich und deinen Fulltime-Job als mein Schutzengel. Ich hätte die letzten fünf Jahre ohne dich an meiner Seite und in meinem Kopf wahrscheinlich nicht überstanden. Ich schätze mich sehr glücklich, dich zu haben.

Die Frauen, die mich in meinen schwierigsten Zeiten angetrieben haben, waren Dr. Nancy Vanderheide und Shawn Crane. Ich danke euch dafür, dass ihr mir dabei geholfen habt, die Frau zu werden, die Gott in mir gesehen hat. Ich bin jeden Tag dankbar dafür, euch zu haben.

Ich danke Robert Mathes dafür, dass er immer für mich da war, besonders während ich dieses Buch geschrieben habe und wir ein gemeinsames Leben begonnen haben. Du hast mir geholfen, zu erfahren, was emotionale Intimität bedeutet, und das defintiv nicht nur für dieses Buch, sondern vor allem für unseren gemeinsamen Weg. Ich danke dir auch für die »Was er dazu sagt«-Beiträge, ich danke dir für alles.

Ich danke dem Vater meiner Kinder, Michael Stone, für seine Flexibilität, während ich durch das Leben wanke und versuche, das Beste für unsere Jungs zu tun. Ich weiß die Zeit zu schätzen, in der du es mir ermöglichst, zu schreiben, zu arbeiten und all die Tiefschläge des Lebens zu verarbeiten. Du bist ein wundervoller und aufopferungsvoller Vater und unsere Söhne haben großes Glück, dich zu haben.

Schlussendlich will ich meinen Jungs Miles und Frederick sagen: Danke dafür, dass ihr so viel Verständnis für mich hattet, während ich dieses Buch geschrieben habe, aber auch dafür, dass ihr manchmal kein Verständnis dafür hattet, denn in diesen Zeiten habt ihr mich daran erinnert, mit euch in dieser Welt zu leben und nicht nur mit meiner Arbeit. Ich hoffe, dass ihr in euren Leben vielen starken, schlauen und spektakulären Menschen begegnet und dass ihr tolle Dinge mit ihnen an eurer Seite erlebt. Ich habe solches Glück, dass ihr über die Regenbogenbrücke zu mir gekommen seid. Ich liebe euch mehr als Sushi.